Couverture inférieure manquante

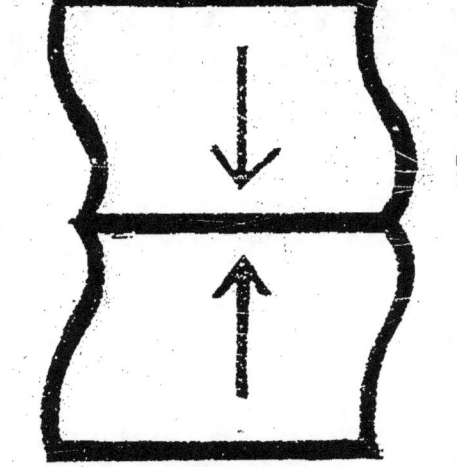

RELIURE SERREE
Absence de marges
intérieures

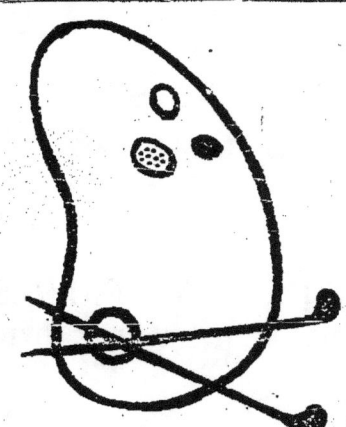

Original en couleur
NF Z 43-120-8

ÉTIENNE EGGIS.

VOYAGES

AUX

PAYS DU COEUR

Schlafe! was willst du mehr?
GOETHE

PARIS

MICHEL LÉVY FRÈRES, LIBRAIRES-ÉDITEURS

RUE VIVIENNE, 2 BIS

1853

VOYAGES

AUX

PAYS DU COEUR.

Paris.—Typ. de Mme Ve Doudey-Dupré, rue St-Louis, 46, au Marais.

ÉTIENNE EGGIS.

VOYAGES

AUX

PAYS DU COEUR

Schlafe! was willst du mehr?
GOETHE.

PARIS

MICHEL LÉVY FRÈRES, LIBRAIRES-ÉDITEURS

RUE VIVIENNE, 2 BIS

1853

PRÉFACE.

J'aime trois choses ici-bas :
Le tabac, la musique et le soleil.

Ces trois choses ont fait ce livre.

A

MADAME LA COMTESSE ***.

Je n'ose pas mettre votre doux et beau nom en tête de ce volume où j'ai jeté en éclats de rire et en sanglots toute l'histoire de ma jeunesse solitaire et tourmentée; mais, vous, chère madame, qui avez au front deux étoiles : la beauté et la bonté, vous ne repousserez pas cette œuvre étrange, brutale, mais sincère. Permettez à mes pauvres vers de venir vous trouver sous les ombrages de votre beau parc où se sont écoulées les plus belles heures de ma vie; puissent ces vers vous dire que vous n'avez pas ici-bas d'ami plus dévoué et plus reconnaissant que celui que vous appeliez quelquefois

Votre troisième enfant

ÉTIENNE.

BOHÊME.

—∞—

A MON AMI JACQUES GUÉRIG.

I

Depuis trois ans passés ma jeunesse coureuse
Errait, le sac au dos, sur le sol allemand,
Le long des grands chemins ma vie aventureuse
Aux chênes des forêts écrivait son roman,
De Munich à Berlin, de Bâle à Varsovie,
Sous la brume et l'orage avaient bondi mes pas;

Rien n'avait pu lasser mon âme inassouvie,
Mes robustes seize ans défiaient le trépas.

II

En cousant une rime aux deux coins d'une idée
Je m'en allais rêveur, le bâton à la main,
La tête de soleil ou de vent inondée,
En laissant au hasard le soin du lendemain.
Je dérobais mon lit aux mousses des clairières,
Ma harpe me donnait la bière et le pain noir,
Et je dormais paisible aux marges des carrières
Sous le ciel qu'empourpraient les nuages du soir.

III

Je n'avais pour tous biens qu'une pipe allemande,
Les deux Faust du grand Goethe, un pantalon d'été,
Deux pistolets rayés non sujets à l'amende,
Une harpe légère, et puis, la liberté !

Je lisais, en passant, des vieilles cathédrales
Les lieds marmoréens par les siècles écrits,
Puis, au bord des forêts, dans les lueurs astrales,
Des chroniques des burgs j'épelais les sanscrits.

IV

Plus avide toujours de course et de science,
Mettant mon avenir sous la garde de Dieu,
J'errais, pauvre d'argent, riche d'insouciance,
Mais libre et gai toujours, sous le ciel sombre ou bleu.
Je dormais tour à tour dans le foin qu'on entasse
Ou les lits somptueux des seigneurs bavarois,
Je buvais tour à tour dans la coupe ou la tasse,
Heurtant du même bras les pâtres et les rois.

V

Mais, malgré tout, parfois une vague souffrance
Assombrissait mon cœur et voilait ma gaîté;

Une secrète voix m'appelait vers la France
Et me parlait de gloire et de célébrité :
La France! sol fécond, beau pays de ma mère
Où de mes rêves d'or m'emportaient les chevaux;
Et puis, la solitude est parfois bien amère!
Je n'avais pas d'amis, je voulais des rivaux.

VI

Grisant mon jeune cœur d'illusions candides,
Seul, et toujours à pied, je m'en vins vers Paris;
J'escomptais l'avenir dans mes rêves splendides,
Et l'espoir guérissait mes pieds endoloris.
Je m'arrêtais parfois sur la route poudreuse
Qui s'allongeait toujours comme un boa sans fin;
Ma lèvre avait tari ma gourde filandreuse,
Mes jambes trébuchaient de fatigue et de faim.

VII

Mais je ressaisissais mon bâton de voyage;
J'étais trop orgueilleux pour me décourager.

A défaut de la source acceptant le mirage,
Je marchais de nouveau d'un pas ferme et léger.
Quand la faim torturait mon estomac avide,
J'entonnais, la voix haute, un vieux lied allemand;
Les beaux vers empourpraient mon visage livide,
Et j'oubliais la faim dans cet enivrement.

VIII

Je ne traduirai pas le sanglotant poëme
Que lamenta mon cœur dans la grande cité;
Sur mon front la misère a versé son baptême :
L'orage l'a laissé pâle, mais indompté.
Mes pas ont pénétré dans plus d'un bouge infâme :
Mon cœur n'a pas perdu son invincible foi ;
Et, comme un saint trésor, j'ai gardé dans mon âme
La confiance en Dieu, la confiance en moi.

LA VIEILLE ROMANCE.

—o—

A CLAUDIA.

Connais-tu la romance
Qui fait toujours pleurer,
Que le cœur recommence
Sans se désespérer ?

Carl aimait Madeleine :
Il eût baisé ses pas ;

Il buvait son haleine :
— Elle ne l'aimait pas.

Elle aimait un beau pâtre
Qui passait sans la voir;
Et souvent, près de l'âtre,
Elle pleurait le soir.

Le pâtre en la vallée
Avait mis son amour;
Son âme désolée
Gémissait nuit et jour;

Car son amour immense
N'était pas partagé,
Et parfois la démence
Brûlait son sang figé.

Et tous, pâles et sombres,
Ils allaient par les champs,

Quand la nuit met ses ombres
Sur les coteaux penchants;

Ils erraient, solitaires,
Sans oser espérer;
Et les chênes austères
Les regardaient pleurer.

Et quand la mort sordide
A leurs yeux vint s'offrir,
Chacun croyait, candide,
Être seul à souffrir.

———————

Oh ! la vieille romance
Qui fait toujours pleurer;
Que le cœur recommence
Sans se désespérer.

L'ÉCLAT DE RIRE D'UN BOHÊME.

-∞-

Dans les beaux jours d'été, quand un soleil splendide,
A l'habit riche et fin comme au haillon sordide,
Verse, sans les compter, ses bienfaisants rayons,
Je m'en vais bien souvent, seul avec mes crayons,
Sur les grands boulevards, au travers de la foule,
Qui, comme un fleuve immense, autour de moi s'écoule ;
Drapé dans mes haillons, je vois à mes côtés
Passer et repasser, à pas précipités,

Tous les acteurs divers du drame qui se joue
Dans Paris, ce bourbier fait de sang et de boue.
L'artiste, le banquier, l'ouvrier, le dandy,
Et le capitaliste au ventre rebondi;
Le poëte sans pain, l'intrigant en carrosse;
Le fat qui ne vaut pas la peine qu'on le rosse;
L'homme de loi, d'argent, d'affaires, de palais,
Pour voler ses clients achetant les valets;
Les comtes, les barons, les marquis d'aventure,
Qui de leurs blasons faux salissent la roture;
L'exploiteur, l'exploité; le puissant, le petit,
A la place du cœur n'ayant que l'appétit;
Les femmes étalant des robes empruntées
Sur les contours absents de leurs hanches ouatées,
Et parlant longuement de tendresse et d'écus
A leurs maris toujours gais, contents et cocus;
Tout ce qui grouille enfin de vil, d'abject, d'immonde,
Dans ce grand hôpital qu'on appelle le monde,
Et je me dis alors que, pour un million,
Ces hommes à genoux baiseraient mon haillon;
Car l'homme des vertus rejetant la chimère,
Vendrait pour un peu d'or ses enfants et sa mère.

Alors un noble orgueil illumine mon front;
Du haut de mes haillons, vierges de tout affront,
Dominant cette foule, et penché sur ma lyre,
Je jette au monde entier un vaste éclat de rire.

COMMENT JE MOURRAI.

-o>-

Lorsque je serai las de traîner sans envie
Le boulet douloureux du bagne de la vie ;
Lorsque mon cœur blessé sera tout à fait mort,
J'irai, fier, calme et seul, sans crainte ni remord,
Mourir sur une grève où la mer éternelle
Chante loin des humains sa plainte solennelle.
Je m'étendrai, serein, sur le sable mouvant,
Et je resterai là, l'œil dans les cieux rêvant,
Jusqu'à ce que le flot qu'apporte la marée
M'étreigne lentement dans sa robe éplorée.

Et me transporte avec la souffrance, ma sœur,
Dans le vide insondé de son roulis berceur.

Nul ne saura ma mort que l'orage et la nue ;
L'Océan pèsera sur ma tombe inconnue ;
Je pourrai d'infini m'enivrer à loisir,
Et mon tombeau sera grand comme mon désir.

ME TUER? — ALLONS DONC !

-∞-

Me tuer? — J'aime mieux, en cachant mon ulcère,
Au travers des humains que le destin lacère,
Poursuivre mon chemin le scepticisme au cœur,
Et jeter aux passants mon sourire moqueur.

Le globe où pleure et rit la comédie humaine
Vaut bien jusqu'à la fin, ma foi! qu'on s'y promène;
Je ne quitterai pas ma place du balcon :

2.

Je veux boire mes jours jusqu'au dernier flacon ;
Marcher sans me salir dans cette fange immonde,

Et rire jusqu'au bout de la farce du monde !

CE QU'ON VOIT

DANS LES YEUX D'UNE MAITRESSE.

—∞—

O ma belle brune aux yeux bleus,
Vagabonde enfant des Bohêmes,
Laisse-moi lire dans tes yeux,
De ton regard les longs poëmes.

Derrière le rideau des bois
Le soleil va cacher son orbe;

Assoupis un moment ta voix
Et les refrains de ton théorbe.

Et dans l'océan de tes yeux
Laisse voguer ma fantaisie ;
Sous les plis de leurs cils soyeux
Mon œil se perd et s'extasie ;

Leur azur calme et souverain
Reflète pour moi tout un monde,
Assis, radieux et serein,
Dans sa grandeur suave et monde ;

Des forêts que vient effeuiller
L'âpre sirocco des savanes,
Où passe le brun chamelier
En conduisant les caravanes.

De longs fleuves dont les palmiers
Ombragent les flots et les berges ;

Des pelouses où les ramiers
S'abritent sous les herbes vierges;

Tout un Éden mystérieux
Ivre de sa splendeur première,
Où le firmament curieux
Mire en souriant sa lumière;

Voilà ce que dans tes grands yeux
Je vois, lorsque ravi, je penche
Sur l'ambre de ton front soyeux
Mon œil d'où le rêve s'épanche.

Puis, au-dessus de ces splendeurs,
Comme le soleil sur le monde
Brille dans ses chastes candeurs
Ton amour naïve et profonde.

OU EST-IL?

—co—

I

Les pelouses des cieux où chantent les étoiles,
Paisibles, s'endormaient aux genoux de la nuit,
Le crépuscule humide épandait ses longs voiles
Sur le front des forêts qui pleuraient leur ennui :
J'étais au pied d'un mont et les rumeurs des villes
M'apportaient les sanglots des discordes civiles ;
      Alors il s'éleva
Au fond de ma poitrine un dégoût invincible,

Et je criai deux fois vers le ciel impassible :
    Jéhovah ! Jéhovah !

Mais rien ne répondit à ma voix déchirante
Que le vent qui passait dans la nuée errante.

II

Je me mis à gravir les flancs de la montagne
Pour le chercher plus haut que notre sol amer.
Les deux mains sur son front que le désespoir gagne,
Au loin l'humanité pleurait comme la mer.
Les sapins dont l'orage échevèle les cimes
S'agitaient sourdement au-dessus des abîmes,
    Et ma voix s'éleva
Au milieu des torrents qui creusaient les ravines,
Et je criai deux fois plus haut que les lavines :
    Jéhovah ! Jéhovah !

Mais rien ne répondit à ma voix déchirante
Que le vent qui passait dans la nuée errante.

III

Je montai plus encor jusqu'aux déserts arides
Où l'air devient si froid qu'il étouffe la fleur,
Où le front blanc du mont ouvre ses larges rides,
De l'âge du vieux monde antique recéleur ;
Tout nageait à mes pieds dans des vapeurs diffuses,
Les formes au-dessus devenaient moins confuses,
    Et ma voix s'éleva
Au milieu des rochers mornes et solitaires,
Je criai de nouveau de toutes mes artères :
    Jéhovah ! Jéhovah !

Mais rien ne répondit à ma voix déchirante
Que le vent qui passait dans la nuée errante.

IV

Et je montais toujours. Des souffrances humaines
A peine les sanglots atteignaient-ils à moi,

3

Des derniers glaciers je foulais le domaine,
Je me sentais pâlir sous un étrange émoi.
J'entendais par moments, dans l'éloignement vague,
De la mer sociale encor houler la vague,
    Et ma voix s'éleva
Sur ces pics inconnus que n'atteint pas l'orage;
Je criai de nouveau dans un spasme de rage :
    Jéhovah ! Jéhovah !

Mais rien ne répondit à ma voix déchirante
Que le vent qui passait dans la nuée errante.

V

L'infini, l'infini, calme, incommensurable !
Les cieux se déroulant sans bornes ni milieu !
Le monde sous mes pieds est comme un grain de sable !
Mon gosier desséché semble aspirer du feu ;
Tout dort autour de moi sur le lit du silence ;
La lampe d'or des nuits dans l'éther se balance. —
    Et ma voix s'éleva

Sur ce sol vierge encor de l'humain anathème,
J'essayai de crier dans un effort suprême :
>   Jéhovah ! Jéhovah !

Mais rien ne répondit à ma voix déchirante
Que le vent qui passait dans la nuée errante.

VI

Épuisé, je tombai sur la neige muette,
Je sentais dans mon cœur se figer tout mon sang ;
Un poids vague et pesant s'affaissait sur ma tête ;
Mes lèvres haletaient sous mon souffle impuissant ;
Mais recueillant en moi ma croyance stoïque,
Je fis pour me lever un effort héroïque,
>   Et ma voix acheva
Dans un râle fébrile un dernier cri d'angoisse,
Et je murmurai comme un mourant que l'on froisse :
>   Jéhovah ! Jéhovah !

Un long éclat de rire en la nuée errante
Seul répondit alors à ma voix déchirante.

A

CLAUDIA BACHI.

-o-

Si Dieu venant vers moi sur l'éclair des tempêtes
M'emportait, palpitant, sur un mont soucieux,
Et donnant à mon œil le regard des prophètes,
Me montrait l'univers que reflètent les cieux ;

Et qu'il me dît : Vois-tu ces splendeurs que j'ai faites
Combleront à ma voix ton cœur ambitieux,
Ton front dominera les plus sublimes têtes,
Sur ta lyre écloront des chants délicieux.

3.

Les hommes enivrés par ta vaste harmonie
Étendront sur ton dos la pourpre du génie,
Et tes jours seront beaux comme mon paradis.

J'aimerais mieux, madame, être dans mon délire
Celui qui fit pleurer les chants de votre lyre,
Et que dans votre cœur vous aimâtes jadis.

LE CHANT DU PRINTEMPS.

Saison des roses et des petits pois.

-∞-

Le printemps, le printemps ! Tout renaît et fleurit.
Le vin de la jeunesse enivre la nature.
Au bord de chaque haie une rose sourit,
Et les fils de la Vierge errent à l'aventure ;
Les abeilles des bois sentent pousser leur dard ;
C'est le temps de chanter les baisers et les roses,
— Fleurs des jardins des cieux dans nos fanges écloses,
Et de se restaurer do petits pois au lard.

C'est le temps où le cœur se cabre sous l'essaim
Des désirs effrénés de volupté lascive,
Où le bourgeois naïf s'habille de basin,
Où les paletots blancs passent à la lessive,
Où les collégiens s'endorment sur leurs bancs,
Où les myosotis et les pommes de terre
Cousent près des flots bleus du ruisseau solitaire,
A la robe des prés leurs nœuds et leurs rubans.

Le printemps, le printemps! Dans les bois réveillés
Renaît l'hymne indistinct des sources voyageuses,
Les oiseaux revenus dans les sombres halliers
Émaillent de leurs chants les clairières songeuses.
Les amoureux s'en vont aux marges des forêts
Admirer la nature et manger des saucisses,
Et le corps en sueur de ces doux exercices,
Ils ramassent un rhume en quittant les marais.

C'est la saison féconde où la barbe et les vers
Poussent, l'une au menton, et les autres aux tempes;
Où la gaîté renaît au cœur de l'univers;

Où les marchands forains étalent leurs estampes.
Que les flots capiteux d'un vin vieux et vermeil
Pétillent dans la coupe où les bouches aspirent ;
Que tous les cœurs meurtris qui dans l'ombre soupirent,
Se taisent pour chanter l'amour et le soleil.

Car c'est un fait certain, que l'oseille et les pois
Poussent dans les jardins à la saison nouvelle,
Et que les épiciers préparent leurs empois
Pour durcir les faux-cols où l'homme se révèle ;
Car il faut au printemps mettre tous les deux jours
Une chemise fraîche, ainsi qu'un faux-col vierge ;
Attendu que le linge où notre corps s'héberge,
A la sueur des reins se noircira toujours.

En avant ! en avant ! Allons dans les prés verts,
Au bord du doux sentier qu'ombrage la charmille,
Manger des boudins frais et réciter des vers,.
En cueillant des muguets et de la camomille.
Aux émanations qui montent des guérets
Allons tremper nos reins qu'a délabrés la ville ;

Allons au grand soleil, loin d'un monde servile,
Élargir nos poumons à l'air pur des forêts.

Le soleil jeune et fort déborde de rayons ;
Les fleuves et les monts s'étreignent dans l'ivresse ;
Et les prés rajeunis où nous nous asseyons
Répondent au soleil caresse pour caresse.
Tout se pâme et s'oublie en des baisers divins ;
La séve, comme un sang, dans les plantes circule ;
Et, lorsqu'au front des cieux s'étend le crépuscule,
De longs hoquets d'amour s'exhalent des ravins.

Allons chercher aux bois, derrière les grands troncs,
Quelque taillis secret que nul vent ne soulève ;
Nous fumerons d'abord, et puis nous dormirons :
L'homme est né pour dormir, car la vie est un rêve ;
Des songes à nos yeux écloront les séjours,
Et dans un long sommeil, lourd, apathique et morne,
Nous serons tout un jour heureux comme une borne :
Le bonheur ici-bas c'est de dormir toujours.

MA FORTUNE.

—∞—

La mer a ses flots et ses perles ;
Le ciel a le soleil et Dieu ;
Les forêts leur mousse et leurs merles,
Et mon ange a son grand œil bleu.

Moi, rimeur, je n'ai qu'une harpe
Pleine d'une vague langueur;
J'ai pour la suspendre une écharpe,
Et je la porte sur le cœur.

HANS WALD.

–∞–

A

M. MAXIME DU CAMP.

I

Je me rappelle avoir autrefois en Bavière,
A la porte d'un bourg que baigne une rivière,
Rencontré sur ma route un chanteur ambulant
Qui suivait l'eau d'un pas mélancolique et lent ;
Il portait sur l'épaule une harpe ternie,
Dont chacun de ses pas tirait une harmonie.
Il était maigre et pâle ; il avait de grands yeux ;
Ses cheveux sur son cou tombaient longs et soyeux.

4

II

Le bourg de Regenstauff n'a qu'une seule auberge,
Où l'hôte, affable et doux pour tous ceux qu'il héberge,
Donne souvent au pauvre, assis dans son jardin,
Sa bière la plus fraîche, et son meilleur boudin
Grassement étendu dans un plat de choucroute,
Et n'a pas cependant fait encor banqueroute.
Nous entrâmes tous deux chez le bon hôtelier
Qui fumait, en causant avec un vieux roulier.

III

Près des murs tapissés de guirlandes de lierre
Quelques lourds paysans buvaient leurs brocs de bière.
Le chanteur prit sa harpe et se mit à chanter;
Et chacun aussitôt se tut pour l'écouter.
Il avait une voix étrange et désolée
Où sanglotait parfois une douleur voilée;
Son chant secouait l'âme et la faisait pleurer.
— Un souvenir amer semblait le torturer. —

IV

Les nuages du soir empourpraient les croisées ;
Sur les flancs onduleux des montagnes boisées
Les troupeaux répandaient dans un écho lointain
Le murmure assourdi de leurs cloches d'étain ;
Sur les fronts absorbés des buveurs taciturnes
S'étendaient lentement les ténèbres nocturnes ;
Et du chanteur debout près des murs assombris
Le front se détachait, pâle, sur les lambris.

V

Ses yeux étincelaient comme des escarboucles,
Et ses longs cheveux noirs qui retombaient en boucles,
Se crispaient sur sa tempe ; et, comme un corps humain,
Les cordes de la harpe haletaient sous sa main.
Debout dans les accords de sa vaste harmonie,
Il courbait l'auditoire aux pieds de son génie,
Et jetait dans les cœurs vaguement torturés
Tout un monde inconnu de rêves ignorés.

VI

J'écoutais, éperdu, comme on écoute en rêve,
Cette voix qui pleurait une douleur sans trêve ;
Et je croyais ouïr, sous le ciel indompté,
Sangloter dans la nuit la vieille humanité.
Il se tut ; et, mettant sa harpe en bandoulière,
Il s'en vint recueillir l'obole hospitalière
Que les bons Allemands, comme aux âges anciens,
Ne refusent jamais aux pauvres musiciens.

VII

Quand le chanteur nomade eut fini sa tournée,
Il s'assit pour manger le pain de la journée.
Je m'approchai de lui. Mon admiration
S'exhala de mon cœur avec émotion,
Et je lui demandai pourquoi vers le théâtre
Il n'allait pas chercher ce public idolâtre
Qu'enthousiasmerait sa magnifique voix,
Et qui de gloire et d'or lui ferait un pavois.

VIII

Un sourire poignant crispa sa lèvre pâle,
Son grand front se marbra d'une teinte d'opale,
Mais il resta muet, et dans cette pâleur
Je devinai soudain une immense douleur. —
Mais bientôt malgré lui le flot des confidences
S'échappa de son cœur à mes douces instances ;
Nous passâmes la nuit, l'un près de l'autre assis,
A déverser nos cœurs en de communs récits.

IX

Il s'appelait Hans Wald. Allemand de naissance,
Il avait à vingt ans, riche d'insouciance,
Quitté le sol natal pour venir à Paris.
Son rêve avait foulé bien des sentiers fleuris,
En logeant sans pâlir dans sa mansarde triste
La misère et la faim, ces deux sœurs de l'artiste.
Il marchait devant lui vers un but arrêté ;
Son courage indomptable avait tout surmonté.

4.

X

La renommée enfin, si longtemps poursuivie,
Commençait vaguement à colorer sa vie.
Le soleil de l'espoir embrasait sa prison,
La gloire se levait à son morne horizon.
Son âme rajeunie aspirait enivrée
Cet air pur qui calmait sa jeunesse navrée,
Et tout un avenir, vaste et resplendissant,
Déroulait à ses yeux son monde efflorescent,

XI

Quand un amour immense, où s'énerva sa vie,
Jeta son poison lent dans son âme ravie.
Il avait vingt-cinq ans et n'avait pas aimé;
A l'amour jusqu'alors son cœur resté fermé,
Versa tous les trésors de son vaste génie
Dans une passion absorbante, infinie.
Rien de ce qu'il sentait n'était superficiel;
Son saint amour était vaste comme le ciel.

XII

La femme qu'il aimait s'appelait Aloète ;
Elle faisait des vers et se croyait poëte ;
— Mais quand Dieu la fit naître, il oublia le cœur. —
Hans Wald ne recueillit qu'un sourire moqueur.
Elle ne comprit pas cet amour saint et vaste,
Puissant comme la mort dans les cœurs qu'il dévaste,
Elle le jeta comme un vêtement usé
Après qu'elle s'en fut quelque temps amusé.

XIII

ans sa poitrine, Hans, livide, les yeux mornes,
entit alors monter une douleur sans bornes.
uis il voulut mourir. Il partit un matin,
isant qu'il s'en allait vers un pays lointain.
l cacha sa douleur. Des larmes incisives,
ans monter à ses yeux, coulèrent corrosives,
ans l'abîme profond de son cœur déchiré.
Mais nul ne s'aperçut que l'artiste eût pleuré.

XIV

La femme rit toujours de l'amour des poëtes,
Elle ne comprend pas ces âmes inquiètes
Que torture la soif d'un baiser infini
Qui ne descend jamais sur leur front de banni.
Leur amour est trop grand, il passe, solitaire
Comme un prince exilé, dans sa grandeur austère.
Le poëte toujours monte seul au trépas.
On l'admire parfois, mais on ne l'aime pas.

XV

Un soir la mer versait sur la grève isolée
Sa lamentation terrible et désolée.
Les vagues se tordaient sous l'ouragan lointain,
Quelques esquifs fuyaient sous le vent incertain,
Et la lune couvrait les grèves nuageuses
Que battaient lourdement les vagues voyageuses,
D'un long drap de rayons où comme des cercueils,
Immobiles, gisaient les flancs noirs des écueils.

XVI

Calme comme la mort et muet comme un rêve,
Hans, pâle, mais serein, arriva sur la grève.
Il s'assit sur un bloc de rochers froids et nus,
Et pleura dans les flots ses amours méconnus.
Sa douleur s'exhala dans les bruits de la lame,
Le sanglot de la mer répondit à son âme,
Et ces deux incompris, l'un vers l'autre penchés,
Échangèrent leurs pleurs immenses et cachés.

XVII

Hans Wald voulait mourir quand la vague apaisée
Au soleil du matin se déroule irisée,
Car l'artiste voulait s'en retourner à Dieu
Le front dans la lumière et l'œil dans le ciel bleu.
Dans le miroir du rêve il fit monter sa vie,
Ses enivrants espoirs, la gloire poursuivie,
Puis le but entrevu que dérobait la mort,
Et ce long souvenir n'avait pas un remord.

XVIII

L'horizon s'empourprait d'une teinte orangée,
Et de rayons naissants la nue au loin frangée
Ouvrait son voile noir au baiser du matin.
Le flot s'aplanissait sous le soleil lointain,
Et la création, douce et mélodieuse,
Aux approches du jour se levait radieuse.
Des cités bruissait le murmure éloigné,
L'artiste se leva, pâle, mais résigné.

XIX

Il n'avait pas voulu de cette mort hideuse,
Par la morne asphyxie ou la Seine bourbeuse.
Pour tombe à sa douleur il lui fallait les mers.
Avec un souris triste, au bord des flots amers,
Il s'assit, attendant la montante marée
Qui mugissait au loin sous la vague azurée.
Puis dans le désespoir où son cœur s'abîmait,
Il se mit à prier pour celle qu'il aimait.

XX

A ce moment suprême, au bord des grandes lames,
Le soleil se leva comme un monde de flammes,
Et la nature entière, à genoux devant Dieu,
Chanta l'hymne du jour vers l'orient en feu ;
Et l'on vit s'embrasser, dans la vague laineuse,
Le ciel éblouissant et la mer lumineuse —
L'artiste s'affaissa sous un ravissement
Où toute sa douleur s'éteignit un moment.

XXI

Dans ce baiser divin de la terre et la nue,
Sa grande âme cueillit une extase inconnue ;
Quand le flot qui montait à ses pieds vint courir,
Il ne se trouva plus la force de mourir ;
Il s'enfuit, et debout sur la vague impuissante,
Il contempla longtemps la mer resplendissante.
Puis en face du ciel et de l'immensité,
La fièvre s'apaisa dans son cœur agité.

XXII

Il se promit d'aller sa route douloureuse
En dérobant à tous sa vie aventureuse ;
Il se *tut devant l'homme et pleura devant Dieu.*
Mais il dit à la gloire un invincible adieu,
Car sa main ne voulait cueillir la renommée
Que pour l'épanouir sur une femme aimée,
Et pour cicatriser son cœur sanguinolent,
Il se mit à courir en chanteur ambulant.

XXIII

Cachant de sa douleur l'incurable cautère,
Sous tous les cieux connus il passa, solitaire,
La harpe sur l'épaule et le bâton en mains
Ossifiant son cœur au vent des grands chemins.
Mais il aimait toujours. Cet amour invincible
Rouvrait à chaque pas sa blessure irascible.
Il allait vers la mort d'un pas désespéré,
Calme, le front serein, mais le flanc déchiré.

XXIV

Il se tut, je pleurais et nous nous embrassâmes.
Une même souffrance étreignait nos deux âmes,
Mais la mienne déjà commençait à guérir.
Tandis que lui, brisé, se penchait pour mourir.
Je n'osai pas chercher par des paroles vaines,
A verser de l'espoir le baume dans ses veines.
Il est de ces douleurs qu'on ne console pas,
Et qui n'ont que la mort pour refuge ici-bas.

XXV

Nous partîmes tous deux le lendemain pour Vienne.
De cette capitale, autant qu'il m'en souvienne,
Il porta sa douleur qui le suivait partout,
Jusqu'au Sâhra brûlant qui mène à Tombouctou.
Je ne l'ai plus revu. — Le cœur de son cadavre,
Au pays de la mort aura trouvé son havre,
Il aura déposé dans ses bras attendus
Son grand cœur solitaire et ses vingt ans perdus.

XXVI

La morne immensité du désert impassible
Étouffe maintenant son amour impossible,
Et peut-être éteignant ses pleurs inconsolés,
Dans ses flots sablonneux roule ses os brûlés.
Confondant dans son vol les sables et la nue,
Le sirocco bondit sur sa tombe inconnue,
Et l'artiste incompris dort son dernier sommeil
Sur les flancs du désert, à l'ombre du soleil.

POURQUOI

il ne faut abattre les chênes.

—co—

Un jour un prince allemand
Fit abattre un bois de chênes
Qui couvrait, sombre et dormant,
Quelques collines prochaines.

Et des arbres qu'abattit
L'ingrate et sourde cognée,

On dit qu'alors il sortit
Comme une voix éloignée :

Prends garde! prince allemand;
Malgré ta nombreuse garde,
Nous nous vengeons sûrement;
O prince allemand, prends garde !

Le prince en passant sourit.
Peu de temps après la guerre
Où même son fils périt,
Sous un prétexte vulgaire

Ensanglanta sa cité,
Et fit passer la couronne,
De son front déshérité,
Sur le fils d'une baronne.

Il fut à mort condamné,
Et conduit, une nuit sombre,
A l'échafaud, enchaîné :
Et nul ne priait dans l'ombre.

A la lueur d'un fallot
Il vit, en portant sa chaîne,
Que l'estrade et le billot,
Tout était en bois de chêne.

A CLAUDIA BACHÌ.

-∞-

'ette fleur de l'amour que les âmes nerveuses
rrosent lentement avec des pleurs divins,
ette ses doux parfums dans vos strophes rêveuses
'closes au soleil dans les bruits des ravins.

sourire et les pleurs que les brises coureuses,
n passant dans la vigne où blondissent les vins,
,nlèvent dans leur course aux lèvres amoureuses,
'alpitent dans vos vers, veufs de sentiments vains.

Vous ne vous fardez pas de souffrances postiches ;
Les cris de votre cœur scandent vos hémistiches,
Et votre désespoir vous a fait trouver Dieu.

De l'amour dans vos vers pleurent les longs orages ;
Votre livre, oasis aux verdoyants parages,
Est doux comme : *Je t'aime*, et triste comme : *Adieu*.

LE CHANT DE LA BOHÊME.

—∞—

A MON AMI ALEXANDRE GUÉRIN.

I

La poésie au cœur et la harpe à l'épaule,
Libres comme l'éclair dont s'embrase le pôle;
　　Nous marchons sous le grand ciel bleu,
Appuyant notre main sur un bâton de saule,
　　En chantant l'avenir et Dieu.

De notre vie, amis, voilà le beau poëme ;
Vive la poésie et vive la Bohême !

II

Nous aimons Béethoven, Shakspeare et Véronèse,
Et les grands boulevards où l'on dort à son aise
    Au doux soleil des nuits d'été ;
Nos jours splendides comme une nuit javanaise
    Vivent d'art et de liberté.

III

Comme les anciens rois, de longues chevelures
Déroulent sur nos cous leurs brunes annelures ;
    Nous n'avons pas de haine au cœur ;
Vivant seuls bien souvent, nous avons nos allures
    Et nous gardons notre vigueur.

IV

Les murs de nos salons sont riches en lézardes ;
La misère souvent s'assied dans nos mansardes ;

— Quand je dis souvent, c'est toujours ! —
Et la faim sur nos fronts met des teintes blafardes
    Au fond de nos sombres séjours.

V

Mais nous avons pour nous l'art et la poésie,
Cieux d'azur et de lune où l'âme s'extasie ;
    Nous avons Shakspeare et Mozart :
Dans nos rêves souvent nous buvons l'ambroisie,
    Et notre espoir c'est le hasard !

VI

Nous ne connaissons pas les ennuis des richesses ;
Sur nous tombent pourtant les beaux yeux des duchesses,
    Nous, des loisirs gais vendangeurs !
Nous n'avons vu de l'or, dans nos folles ivresses,
    Qu'aux étalages des changeurs.

VII

Quand on a le soleil, à quoi servent les lustres ?
Dans quarante ans d'ici nous serons tous illustres,

Et notre front reste joyeux ;
Aucun de nous encor n'a dépassé six lustres,
Et nous avons la flamme aux yeux.

VIII

Nous sommes les seuls rois qu'aiment les républiques ;
Nous ne trônons jamais sur les places publiques :
Parfois nous y dormons l'été.
Nous n'adressons jamais ni placets ni suppliques,
Car nous avons la liberté !

De notre vie, amis, voilà le beau poëme ;
Vive la poésie et vive la Bohême !

A CH. ALEXANDRE.

—o—

Votre livre paisible est comme ces clairières
Où les myosotis rêvent sous les fraisiers ;
Où les brises, du jour folles avant-courières,
Baignent leurs doux parfums dans les blancs cerisiers ;

Où l'on voit au travers des chênes des carrières
L'infini resplendir aux yeux extasiés ;
Où le rêve parcourt l'espace sans barrières
Aux chants de l'oiseau bleu caché sous les rosiers ;

6

Ce vêtement de Dieu qu'on nomme la nature,
De la famille humaine y cache la torture,
Et calme sa souffrance au doux baiser de l'art.

Dans son flux musical où voguent les idées,
Ce livre où vit la soif des choses insondées,
Est vaste comme Haydn et doux comme Mozart.

NAÏVETÉS ENFANTINES.

Quand j'avais dix-huit ans je croyais que les grès
Qu'un peuple jette aux rois cimentent le progrès ;
Je croyais qu'il est beau, sur la place publique,
De crier, l'arme au poing : Vive la République !
J'aurais voulu mourir dans ma naïveté
Pour la démocratie et pour la liberté ;
Le peuple était pour moi ce champ encore en friche
Où germe l'avenir dans un sol gras et riche ;

Je croyais qu'au bonheur chacun aurait sa part,
Et que l'humanité s'en allait quelque part !

Oh ! que j'étais enfant dans ma noble croyance !
Les leçons du malheur et de l'expérience
Ont corrigé mon cœur, et mon rêve est brisé.

« Des vieilles royautés le vase est épuisé, »
Dites-vous ; « nous voulons du temple populaire
Gâcher avec du sang le ciment séculaire. »

Hommes ! infirmes nains qui faites les géants,
Qui remuez les cieux pour bâtir des néants,
Et croyez recueillir l'héritage d'Hercule,
Que votre orgueil stupide est vain et ridicule !
O mouches, vous croyez d'un effort martial
Faire avancer d'un pas le coche social !
Et vous ne voyez pas que le monde sans terme
Tourne autour d'un poteau comme un cheval de ferme ;
Que vos efforts sont vains, et que l'humanité
Est un coucou traîné par la fatalité.

LE CŒUR HUMAIN.

—∞—

De la psycologie un soir prenant la lampe,
J'osai, seul, m'avancer jusqu'au bord de la rampe
D'où l'on voit tout au fond vivre le cœur humain.
Je bondis en arrière à moitié du chemin,
Frissonnant, éperdu, pâle, les lèvres blanches,
Comme lorsque vers vous viennent les avalanches ;
Le vertige faisait tourbillonner mon front,

Tant l'abîme à mes yeux avait paru profond !

6.

A THÉOPHILE GAUTIER.

— Ciselure. —

-o)-

O grand Théophile Gautier,
Roi des ciseleurs fantastiques,
Toi qui touches d'un vol altier
Toutes les cimes artistiques ;

O toi que l'Arabie ambra,
Hahroun-al-Raschid des Bohêmes,
Permets que dans ton Alhambra
Je chante au pied de tes poëmes.

Tes strophes d'azur ont bercé
Mes premiers jours en Allemagne,
Avant que mon pied n'eût pressé
Le sol fécond de Charlemagne.

Elles chantaient dans mon esprit,
Au bruit des forêts germaniques,
Et mon cœur, avec Gœthe, apprit
Tes vers benvnutocelliniques.

Au fond de mon œil curieux
Ils faisaient passer les mésanges
Que les temples mystérieux
Cachent dans leurs sveltes losanges.

Au pays des lacs constellés
Où du rêve naissent les orbes,
Sous l'azur des cieux étoilés
Qu'émeut la plainte des théorbes ;

Les parfums des blonds orients
Où les Turcs vers Mahmoud s'aigayent,
Des Otahitis souriants
Que les larges baisers égayent ;

Les vagues modulations
De la danse des Bayadères,
Les ardentes émotions
Des coupes pleines de madères ;

La valse au vol silencieux
Des esprits couronnés de nimbes
Dont le corps frêle et gracieux
Tremble, inachevé, dans les limbes ;

Sous les taillis des bois sacrés
La course douteuse des nymphes,
Dont les tons blancs des dos nacrés
Révèlent de secrètes lymphes ;

Les chants du pâtre montagnard,
Aux refrains alpestres et simples,
Pendant qu'avec un vieux poignard
Il coupe les tiges des simples ;

Les hymnes des cœurs amoureux
Se souvenant de baisers âcres,
Volés quand les parents entr'eux
De leurs biens supputaient les acres ;

Les jeux divers des rayons bleus
Sur l'or et la pourpre des guêpes,
Quand le crépuscule onduleux
Au front du jour met ses longs crêpes ;

Les souvenirs des bruns pigeons
Qui voyagent toujours par couples
Et blanchissent où nous nageons
L'ivoire pur de leurs cous souples ;

L'éblouissement du conteur
Emporté par les djinns, tandisque
Deux péris à l'œil enchanteur
De la lune voilaient le disque;

Les susurres des arbrisseaux
Que fleurit l'approche de Pâques,
Le clapotement des ruisseaux
Que jadis aimait tant Jean-Jacques;

Le miroitement du glacier,
Près des pins que l'orage scalpe,
Et des grands lacs, lames d'acier,
Que tord le vent qui vient de l'alpe;

Du monde embrasé des couleurs
Les splendeurs tout ensoleillées;
Dans tout l'éclat des vieux mouleurs
Les formes grecques réveillées;

Les horizons bleus et fuyants
Des cieux des mondes invisibles,
Parmi nos tourbillons bruyants
Éclos, empourprés et paisibles ;

Tous les ghazels épanouis
Dans le front du conteur arabe
Qui de diamants inouïs
Illumine chaque syllabe ;

Les marbres aux seins opulents
De la savoureuse Ionie,
Les blocs aux contours turbulents,
Pâmés au pouce du génie ;

Les découpements copieux
Des cathédrales dentellées,
Dont le moyen-âge pieux
Dore les voûtes constellées ;

La foi dans l'art malgré les cris
De ceux qui vont avec le siècle,
Qui marcheraient sur des cricris
Et se moquent de sainte Thècle ;

Voilà ce qui palpite et vit
Dans tes œuvres éblouissantes
Où l'œil de l'âme se ravit
En visions incandescentes.

Les hommes chanteront tes vers,
Miroir de la terre première,
Aussi longtemps que l'univers
Boira les flots de la lumière.

A MADAME...

–o>–

Comme Dieu dans le sein des mers mystérieuses
A dérobé la perle aux yeux des matelots,
J'ai, dans mon âme, loin des foules curieuses,
Enfoui mon amour et caché mes sanglots.

Oh ! de mon cœur blessé le douloureux mystère,
Madame, à vos regards restera toujours clos ;
La fleur de mon amour s'éteindra, solitaire,
– Beau lis que le soleil n'aura jamais éclos. –

Votre doux nom, madame, embaumera ma lyre,

Le reflet de vos yeux éclairera ma nuit,

Et si vos lèvres d'or me donnaient leur sourire,

Je comprendrais le ciel, — mais j'apprendrais l'enn

UN ÁNGE DE LA TERRE.

A mes chers petits amis

CARL ET MAX DE DRECHSEL.

—∞—

Enfants, connaissez-vous un ange de la terre.
Aussi pur, aussi beau que les anges des cieux ?
Il embaume ici-bas le sentier solitaire
Et rend doux et sereins tous les fronts soucieux.

7.

Autour de son grand front palpite la lumière.
Il est venu vers nous pour faire croire en Dieu,
Il vit dans les palais comme dans la chaumière,
Et son regard d'azur resplendit en tout lieu.

Le chant doux et berceur de sa voix cristalline
Fait pleuvoir le sommeil sur le front de l'enfant,
Et des rêves remplis des bruits de la colline
Planent sur les berceaux que son aile défend.

Dieu l'a placé tout près de vos jeunes années
Pour soutenir vos pas et remplir votre cœur,
Son doigt fait refleurir les croyances fanées,
Et ses lèvres jamais n'ont de rire moqueur.

Quand sur vos jeunes fronts s'étend la maladie,
Il reste nuit et jour la main dans vos deux mains,
Votre âme, à son appel, se relève agrandie,
Si votre voix s'est jointe aux murmures humains.

On le trouve partout où l'on verse des larmes,
Son amour est le seul qui ne s'éteigne pas ;
Il a des mots d'espoir pour toutes les alarmes,
Et sa main quelquefois arrête le trépas.

Éclos dans un souris de la vierge mystique,
Un soir il est tombé du séjour éternel ;
Cet ange de la terre est doux comme un cantique,
Et son nom, mes enfants, c'est l'amour maternel.

SI JE PLEURE?

-co-

O mon pâle rêveur ! me disait une femme,
Toi dont le cœur est mort dans ton sein déchiré,
Et dont l'œil cependant reluit sous tant de flamme,
Sceptique de vingt ans, as-tu jamais pleuré ?

Hélas ! lui répondis-je, aux faiblesses humaines
Je n'ai pu m'arracher encore tout entier;

La suprême apathie a de vastes domaines
Où ne s'est point encor posé mon pied altier.

Si j'ai pleuré, dis-tu, femme aux lèvres heureuses,
Je suis un homme, hélas ! et j'en porte le nom ;
J'ai versé bien souvent des larmes douloureuses,
— Je pleure chaque fois que j'épluche un oignon.

LES FRÈRES DE LA LYRE.

A UN POÈTE.

-∞-

Dans les vastes forêts de la vieille Allemagne
Que nivela jadis le doigt de Charlemagne,
Je me rappelle avoir entendu bien souvent
Une vieille ballade au refrain émouvant.
Ce chant nerveux et doux, de date séculaire,
Éclos dans le grand front d'un rimeur populaire,
Est venu bien souvent — lorsque je m'en allais
En chanteur ambulant, sans argent ni valets,

Riche d'un beau soleil et de ma fantaisie,
Au fond de la Bohême ou de la Silésie,
Et puis que, m'arrêtant au bord d'une forêt,
Dans mon cœur accablé d'un malaise secret,
Je sentais lentement comme une mer sans digue,
Le découragement sourdre avec la fatigue, —
Ce chant naïf et grand est bien souvent venu
Comme une voix d'ami dont le timbre est connu,
Vivifier l'espoir dans mon âme affaissée
Et colorer de foi ma jeunesse lassée.

Le front dans mes deux mains, sur la marge du bois,
Où des chiens des chasseurs mouraient les longs abois,
J'écoutais les sanglots des cascades lointaines
Et des chênes froissés les rumeurs incertaines ;
Tous ces bruits étonnants, étranges et secrets,
Qui passent, vers le soir, dans les grandes forêts,
Et bientôt à côté des sources voyageuses,
Au milieu des frissons des clairières songeuses,
J'entendais s'élever dans le chemin croulant
La voix au timbre d'or d'un chanteur ambulant,
Qui chantait en passant derrière les arbustes,
Ce beau lied allemand, plein de strophes robustes.

Car la tradition a colporté ce chant
Dans toute l'Allemagne, et de la ville au champ
Son refrain a bercé le poëte malade,

Et voici maintenant ce que dit la ballade :

Du pays de Bohême, enfants aventureux,
Riches de poésie et de leurs longs cheveux,
Les chanteurs sont, dit-elle, une grande famille,
Tous éclos, ici-bas, sous la même charmille,
Et que sur tous les points des mondes habités,
Le doigt de Dieu conduit au travers des cités
Calmes, l'étoile au front, la harpe en bandoulière,
Ouvrant aux cœurs meurtris leur hymne hospitalière,
Et reversant aux fronts noircis d'impiété
Ce baptême divin : l'amour de la beauté.

Ces chanteurs dispersés dans l'univers malade,
Ces Frères de la Lyre, ajoute la ballade,

8

Se rencontrent parfois sur le bord des chemins
Où marchent à leur voix les océans humains,
Et se reconnaissant aux lueurs de l'étoile,
Dont leur front large et pur sur les tempes s'étoile,
Ils échangent entr'eux avec sérénité
Le baiser chaste et doux de la fraternité ;
Puis à ceux qui sont loin, ils donnent sur la voie
Un salut d'amitié que le vent leur renvoie.

O poëte de France à la voix de cristal,
Douce comme un refrain de mon pays natal,
Dont la strophe toujours belle et fière sans morgue
Est pleine de parfums et de murmures d'orgue !
O poëte de France aux distiques cambrés !
Que de leurs rayons d'or deux soleils ont ambrés,
Car on voit resplendir, en effluves mystiques,
Deux immenses soleils à travers vos distiques :
Le grand soleil de l'art et le soleil de Dieu,
Dont l'un luit dans le cœur, l'autre dans le ciel bleu.
A vous, noble poëte à la harpe divine,
Moi, rimeur inconnu, qui viens de la ravine

Sur ce sol étranger où j'ai porté mon luth,

J'envoie avec ces vers mes vœux et mon salut.

Franc comme un Allemand d'Augsbourg ou de Mayence,

Plein de naïf espoir et de jeune croyance,

Je suis venu vers vous pour vous remercier

Du bonheur que m'ont fait au bord de mon glacier

Vos vers étincelants, vos strophes souveraines,

D'azur, d'or et d'airain, splendides et sereines !

LA NOSTALGIE DE L'ARTISTE.

A MADEMOISELLE LOUISE BADER.

-∞-

I

Beaux vallons inconnus,
Des bois onde bruyante
Où l'ondine fuyante
Baigne ses beaux pieds nus;

Dans les mousses cachées
Comme un bonheur secret,
Sources de la forêt
Des amants recherchées ;

O ravins murmurants,
Près des montagnes blanches,
Où l'on jette deux planches
Pour franchir les torrents ;

Pelouses solitaires
Où viennent les chamois
Cacher leurs doux émois
Sous les chênes austères ;

Mes Alpes, mes glaciers
Aux vierges dentelures,
O sapins ! chevelures
Couvrant nos pics altiers ;

Monts où dort mon enfance,
Où près de mes chevreuils
Chantaient les gais bouvreuils
Dans l'enclos sans défense ;

Où je courais joyeux
Dans les neiges fondues
Des hauts monts descendues
Sur le gazon soyeux ;

Où les faons aux doux yeux de la biche frileuse
Dorment paisiblement à l'ombre du buisson,
Pendant que les rayons de la lune onduleuse
Argentent les sentiers qu'embaume le cresson ;

Où l'on entend chanter les sources éloignées
Et bramer les grands cerfs piqués des moucherons,
Quand les chênes tremblants sous le choc des cognées
Mêlent leurs bruits confus aux chants des bûcherons,

II

Dans les grandes forêts, au parfum des écorces,
Dans cet air âpre et pur où vous trempez vos forces,
Que belle est votre vie à vous tous bûcherons !
Ces bois où vous errez à travers les grands troncs,
Les émanations des clairières lointaines,
Et ces longues chansons que disent les fontaines ;
Tous ces bruits étonnants, étranges, inouïs,
Dans les vieilles forêts le soir épanouis,
A vos jours inconnus donnent un charme étrange
Qui vous fait refuser la couronne en échange.
C'est que tout au-dessus de vos vierges forêts,
Au-dessus des vapeurs qui montent des marais,
Au-dessus des grands vents qui dans les solitudes
Arrachent les sapins de vos rocs hauts et rudes,
S'étend calme et limpide en sa virginité,
Ce baptême de Dieu qu'on nomme liberté !
Vous couchez sur la mousse à l'ombre des grands chênes,
Fiers et libres, au bas des collines prochaines,

Et vous vous endormez, sous la paix du ciel bleu,
Avec votre forêt, à la garde de Dieu !

III

Laissez-moi, laissez-moi vers mes neiges lointaines,
Mes vallons souriants où chantent les fontaines,
Vers mes monts éperdus, vers mes larges glaciers,
Où l'avalanche dort près des sapins altiers,
Laissez-moi, laissez-moi chercher les brises neuves ;
Je veux baigner mon front aux flots de nos grands fleuves,
Ma poitrine a besoin de l'air vierge des monts,
Des plaines trop longtemps j'ai foulé les limons,
Rendez-moi, sur les pics, le soir, le ranz des vaches,
Les bœufs vers l'abreuvoir bondissant sans attaches,
Rendez-moi les grands prés où paissent les brebis,
La jatte de lait chaud, le savoureux pain bis,
Au bord des bois fleuris la mousse et la bruyère,
Rendez-moi le soleil de ma verte Gruyère,
Rendez-moi la montagne ou bien je vais mourir.

Oh ! c'est que sur ses flancs j'aimais tant à courir !
Aux pentes des ravins où rougissent les fraises
Que de fois n'ai-je pas fait rôtir sous les braises
De beaux fruits empruntés au verger du voisin,
Ou dans son grand enclos volés à mon cousin !
Pour ma mère en allant recueillir quelques simples,
Je chantais du pays les refrains doux et simples,
En poursuivant au loin quelque chevreuil fuyard
Qui passait et glissait dans le bois de Fayard.
Oh ! que j'étais heureux, là bas, sur la montagne!
Avec la liberté pour amie et compagne !
Ce souvenir amer en moi ne peut tarir !

Oh ! le mal du pays, amis, fait bien souffrir !

IV

Mais dans mon cœur malade une pensée ardente
Arrête les sanglots et calme la douleur,
Car je veux que la foule à ma voix fécondante
Retrouve la croyance à côté du malheur;

Pour exhaler, là haut, seul, son hymne épurante,
Le poëte aujourd'hui ne doit plus sur les monts
Porter, roi sans sujets, sa harpe murmurante,
Loin des fleuves humains qui traînent leurs limons.

Il doit rester en bas. — Dans ma cellule austère,
Par la voix du devoir mon esprit excité
Fera, grave et serein, son œuvre solitaire,
Au-dessus des rumeurs de la grande cité.

Car je veux au milieu des voix tumultueuses,
En jetant sur la foule un triangle de feu,
Illuminer soudain ses routes tortueuses
En lui parlant de l'art, de l'amour et de Dieu.

UN MATIN AU LEVER DU SOLEIL.

—o—

O poëte niais! pauvre arrangeur de rimes,
Tu veux chanter, dis-tu, mais qui t'écoutera?
Eh! les vers aujourd'hui se débitent en primes;
On en fait à la toise et nul ne les lira.

DANS LA SOUFFRANCE.

A CLAUDIA.

–∞–

Oh ! ne laissons jamais sous le doute énervant
Notre âme s'affaisser comme le flot au vent ;
Recevons, sans pâlir, les coups de la souffrance,
Que le bien seulement ait notre souvenir ;
Oublions le passé pour croire à l'avenir,
Et buvons en marchant le vin de l'espérance !

Si l'orage ou le vent bat notre front mortel,
Ne craignons pas d'aller, aux marches de l'autel,
Dire l'*Ave Maria* que disait notre mère ;
Lorsque l'on a souffert, on croit toujours en Dieu,
Et souvent à la paix qu'exhale le saint lieu,
Se rassérène enfin notre existence amère !

Que les hommes jamais ne voient notre mépris,
Trouvons des mots d'amour pour les cœurs incompris,
Sachons être assez grands pour bannir toute haine.
Si nous avons en nous quelque ulcère rongeur,
— N'étalons pas à tous sa sanglante rougeur,
Avec le tronc pourri restons droit comme un chêne.

Sachons vivre isolés au milieu des humains,
N'allons pas, à genoux, sur le bord des chemins
Mendier aux passants l'aumône d'une larme,
Que l'hymne sanglotant de nos sombres ennuis
Ne verse ses accords qu'au silence des nuits,
Ayons dans le combat le silence pour arme !

Oublions l'homme pour nous souvenir de Dieu,
Ne devançons jamais le moment de l'adieu,
Méprisons la pitié que la foule sait feindre.
Si des douleurs sans nom rongent nos cœurs ardents,
Souffrons et sourions ; n'ayons pour confidents
Nul ami, nulle femme et mourons sans nous plaindre.

CE QUE C'EST QU'UN MARI.

-∞-

Quand Christophe Colomb eut enfin découvert
Ce continent lointain qu'on croyait chimérique,
Il mourut loin du sol qu'il avait entr'ouvert,
Et Vespuce donna son nom à l'Amérique.

Si la femme portait le nom doux et chéri
De son premier amant, Anglais, Français ou Russe,
Ce serait rarement celui de son mari.
— Un mari n'est jamais qu'un Améric Vespuce.

LE SECRET DE LA MER.

A MON AMI AUGUSTE DE VAUCELLE.

—∞—

Sous le vent de la nuit la mer tumultueuse
S'agitait dans le lit que Dieu fit à ses flots ;
Et de son sein troublé, sombre et majestueuse,
Montait une hymne sourde où roulaient des sanglots.

La vague bondissait vers la grève immobile,
Reculait, s'abîmait et toujours renaissait,

Et les cités au loin mêlaient leur voix débile
A ces sourdes rumeurs que la houle accroissait.

Et les flots turbulents brisés par le rivage
Chantaient en retombant sur l'écueil froid et bleu,
Ils parlaient cette langue inconnue et sauvage
Que parle l'ouragan quand il cause avec Dieu.

CHANT DES VAGUES.

Nous sommes le miroir où le ciel se reflète,
Nous savons l'avenir que l'univers attend,
Car sur nos fronts meurtris que l'orage soufflète,
Souvent la main de Dieu se repose et s'étend.

Dans le sombre infini de nos gouffres immenses
Dorment éblouissants des mondes ignorés,
Et notre sein puissant féconde les semences
Des jeunes continents nouvellement créés.

Un secret éternel tourmente nos abîmes,
Car nous savons le mot qui créa l'univers,
Ce mot mystérieux aux syllabes sublimes
Bondit dans notre sein en mille accords divers.

Quand sous leurs grands palais les cités turbulentes
Couvrent leurs larges flancs du manteau de la nuit,
Quand les étoiles d'or naissent étincelantes
Au portique azuré du palais de minuit ;

Quand la science humaine ouvre ses astrolabes
Pour compter les soleils qui pavent l'infini,
Alors nous épelons les étranges syllabes
De ce mot incréé que Dieu seul a fini.

Les monts qu'aime l'éclair, les forêts murmurantes,
Les fleuves, les torrents, les sources et les vents,
Les émanations dans les brises errantes,
Et les cieux insondés inconnus aux vivants,

Épèlent avec nous dans l'immensité sombre
Ce mot resplendissant que nul œil n'a rêvé,
Mais il reste toujours dans notre flot qui sombre,
Sur nos lèvres jamais il ne s'est achevé.

Car ce mot échappé d'une bouche mortelle
Ébranlerait soudain l'univers confondu,
Et comme un fer bouillant que le forgeur martelle,
Les cieux s'aplatiraient sur le monde éperdu.

Et Jéhovah debout dans ce désordre immense,
Devrait dans le chaos repétrir l'univers,
Créer un nouveau rhythme aux sphères en démence
Et de son doigt puissant clore les cieux ouverts.

Par un pouvoir fatal nos lèvres enchaînées
Palpitent sous ce mot qui contient l'avenir;
Depuis les jours lointains où nos vagues sont nées,
Nous l'épelons toujours sans jamais le finir.

Et c'est là le secret que dans les vents nocturnes
Nos seins tumultueux murmurent sourdement,
Ce qui fait que du fond de nos flots taciturnes
Une plainte sans fin monte éternellement.

Roulons, roulons, roulons vers la rive inconnue,
Le vent pousse les flots et Dieu pousse le vent,
Et dans notre miroir qui reflète la nue,
Nous voyons Dieu parfois se pencher en rêvant.

———————

La rumeur s'éteignit, les vagues se calmèrent,
Sous les baisers du jour l'océan s'affaissa,
Aux parfums du matin les cités s'embaumèrent,
Et la voix de la mer dans leurs bruits s'effaça.

De tous côtés monta cette hymne éblouissante
Que la nature chante au sortir du sommeil,
Et la création se pencha frémissante
Sous cette ombre de Dieu qu'on nomme le soleil.

UN POËTE QU'ON NE LIT PLUS.

—∞—

Il existe un poëte aux odes insondées
Plus vaste que les cieux, plus grand que l'infini,
Son cœur est l'océan où naissent les idées,
L'univers à genoux chante son nom béni.

Son regard rajeunit les croyances ridées,
Il sculpte au cœur humain l'espoir dans le granit,

Il calme de la mer les vagues débordées,
Aigle impossible, il a l'immensité pour nid.

Sa plume est le soleil, son poëme le monde ;
Les monts et les forêts que la tempête émonde
Les océans profonds que tord le vent du flux,

Sont les notes sans fin de sa vaste harmonie,
L'homme est l'écho complet de son œuvre infinie.
— Ce poëte, c'est Dieu ; mais on ne le lit plus.

BLASPHÈME ET PRIERE.

A. C. B.

—∞—

I

Je n'aimerai jamais, je n'ai jamais aimé ;
Aux lâches passions mon cœur reste fermé.
Mon front est libre et fier ; aucun joug ne le blesse,
Je ne veux rien avoir de l'humaine faiblesse,
Et l'amour est un bât dont le sanglon de fer
S'imprime pour toujours au front qui l'a souffert,

10.

Et je méprise trop toute l'humaine espèce
Pour me joindre au troupeau que la femme dépèce.

II

Mon bras dans aucun champ n'a tracé de sillons,
La soie ou l'or jamais n'ont sali mes haillons ;
Ne croyant plus à rien, nulle loi ne me gêne,
Au travers des humains, grand comme Diogène,
Je passe, libre et fier, en me moquant de tout.
Drapé dans mes haillons, j'ai promené partout
Ma misère sans tache et mon orgueil inculte,
Sans avoir jamais fait rien de bas ni d'occulte.

III

Dieu m'a volé ma mère au sortir du berceau,
En brisant de mes jours le plus large morceau,
Et jusqu'à quatorze ans ces mots de la tendresse,
Si doux au jeune cœur auquel on les adresse,
N'ont jamais répandu sur mon cœur qui pleurait,
Leur ivresse divine où ma bouche aspirait.

Mon enfance a grandi sur elle repliée,
Et les soufflets ont clos ma bouche humiliée.

IV

A quatorze ans j'ai fui le seuil où j'étais né,
'ai cherché dans l'exil un sort plus fortuné,
auvre et fier vagabond, j'ai traîné ma sandale
usqu'aux pays brumeux où dort le Kamtchadale,
Au travers des forêts, sous l'orage ou le vent,
ans les ravins des monts où j'ai dormi souvent,
ans les bourgs ignorants, dans les cités fangeuses,
'ai porté, toujours seul, mes douleurs voyageuses.

V

'ai marché, tour à tour, à travers les palais
Où croupit sous les pieds la fange des valets,
Au travers des cités où la bête de somme
'it loin des chariots où l'on attèle l'homme ;
es âpres vents du nord et les feux du midi
Ont bronzé ma poitrine où l'orage bondit,

Et j'ai vu, sur mon front durci par les voyages,
Le vent de bien des cieux promener les orages.

VI

L'eau de l'indifférence a, sous ses flots glacés,
Pétrifié mon cœur et mes esprits lassés,
Je suis mort; rien ne bat sous ma mamelle gauche
Je suis trop orgueilleux pour que dans la débauche
Ou dans l'amour jamais je laisse ma vigueur
S'énerver et moisir de stupide langueur,
Je veux rester plus grand que tous ces nains diffor
Et n'avoir rien d'humain que les traits et les forme

VII

Quand je vais, pâle et fier, au travers des salons,
Bien des femmes souvent, aux yeux ardents et lon
Ont jeté sur mon front que le dégoût harcelle,
De leurs yeux veloutés la brûlante étincelle.
Non pas que je sois beau.—Mais dans mes yeux dis'r
Sous mes longs cheveux noirs j'ai gardé quelques tr

De l'âpreté des monts, où sur mes lèvres rudes,
J'ai bu, près des torrents, le vent des solitudes.

VIII

Bien des femmes auraient sur mon front basané
Pressé de leur amour le fruit empoisonné;
Mais je veux rester grand et l'amour rapetisse;
Sans que jamais la femme à mes côtés bâtisse
L'édifice fangeux de son amour menteur,
N'ayant pour seul ami que mon luth de chanteur,
Sous tous les cieux connus qui joignent les deux pôles,
J'irai, fier, calme et seul, en haussant les épaules.

————————

Malgré cela pourtant, dans mon cœur épuisé,
Autel nud et désert que le doute a brisé,
S'élève, indélébile, une foi solitaire.
Elle reste debout dans sa grandeur austère,
Comme ces vieux débris de temples écroulés,
Ces portiques assis sur des bords désolés,

Dont les vents des déserts et les vagues débiles
Battent sans les courber les granits immobiles ;
Restes d'un culte mort et qui montrent le lieu
Où jadis tout un peuple adorait le vrai Dieu.
Ce débris éternel de mon âme en ruines
Que ne verdissent pas le vent et les bruines,
Ce socle d'airain, c'est la foi dans l'avenir.

Comme deux fiancés que l'amour vient d'unir,
La souffrance et mon cœur ont marché dans la vie,
L'idéal a rongé ma lèvre inassouvie,
La misère a tordu ma robuste vigueur,

Mais ne l'a pas brisée et j'ai du sang au cœur.
Non, je ne suis pas mort ! Comme un débile arbuste,
Je ne veux pas plier mon épaule robuste
Sous le vent passager du découragement !
Si j'ai senti faiblir ma croyance un moment,
C'est une eau salutaire où mon âme irascible
S'est trempée en passant ; elle en sort invincible !

La nature frissonne aux baisers du soleil,
Le chant du jour renaît à l'horizon vermeil,
Les enfants prosternés dans les temples paisibles
Me réchauffent le cœur de leurs chants invisibles ;
Les forêts et les mers versent sur les cités
Le cantique sans fin de leurs flots agités ;
Tout chante, tout renaît ; de suaves haleines
Pleines de doux parfums palpitent dans les plaines,
Et l'humanité semble au milieu du ciel bleu
Poser un long baiser sur le grand front de Dieu.

Oh ! mon âme a brisé son trop long crépuscule,
Le vin de la jeunesse en mes veines circule,
Je n'ai que vingt-un ans, je veux croire à l'amour,
Comme Gœthe, je dis : Du jour ! encor du jour !
Je veux fouler aux pieds mon cynisme factice ;
Oh ! non, il n'est pas vrai que l'amour rapetisse.
La femme trompe et meurt, mais l'amour est divin,
Et nul être ici-bas ne l'a maudit en vain.
C'est la fête de Pâque où l'âme renaissante
Sort comme Jésus-Christ de la tombe impuissante,

Et monte vers les cieux dans un suave émoi.
Oh ! mon cœur reverdit sous l'espoir et la foi.
Je vis, j'aime et je crois ! ô ma harpe fidèle !
Allons au temple saint qu'embaume l'asphodèle,
Et chantons à genoux, dans l'exaltation,
L'hymne rassérénant de la rédemption !

Si le blasphème amer a passé sur ma lèvre,
Pardonnez-moi, mon Dieu ! j'écrivais dans la fièvre.
C'est que j'ai tant souffert ! je ne suis qu'un enfant ;
L'épreuve était trop forte et mon cœur étouffant
Sous le pied des douleurs, n'a pas eu la puissance
De monter au Calvaire avec reconnaissance.
Pardonnez-moi, mon Dieu, j'ai vaincu mon orgueil ;
Quand mon cœur faiblira sous le doute et le deuil,
Je m'agenouillerai comme aux jours du jeune âge,
Et vous me verserez la force et le courage !

A SATAN.

-o>-

Ange terrible et fier, j'aime ta hauteur sombre!
Tu fus plus grand que Dieu, car tu le combattis;
Ton pas fit vaciller comme un vaisseau qui sombre
Sur leurs axes nouveaux les cieux dont tu sortis.

Le soleil s'éteignit en passant dans ton ombre,
L'éternité trembla. Les mondes trop petits
Pour tes membres géants, ennemis du pénombre,
Craquèrent sur ton dos lorsque tu les vêtis.

11

Tu préféras, debout dans ta fierté sublime,
Au servage des cieux le sceptre de l'abîme
Où tu moules à tous un funèbre cercueil ;

Agrandissant l'enfer pour y mettre tes haines,
Tu règnes maintenant dans les feux des géhennes,
Plus puissant que la mort et plus grand que l'orgueil

IMPRESSIONS D'IVRESSE

D'UN

POETE ALLEMAND.

A MONSIEUR CH. ALEXANDRE.

—co—

O vous qui m'avez envoyé dans ma solitude la douce et généreuse parole
de sympathie qui réconforte et qui relève; vous qui, sans me connaître, êtes
venu me serrer la main et me dire : Courage ! — cher ami inconnu, daignez
accepter la dédicace de ce poëme, œuvre de croyant et d'artiste.

Vous qui aimez la sainte et vieille Allemagne, la robuste et féconde poésie
germanique, éclose au pied des cathédrales, dans les bruissements des forêts,

vous lirez peut-être avec indulgence l'œuvre bizarre, mais sincère, qu
vous offre.

Ce poëme a été écrit d'abord en allemand dans une brasserie de Leip;
entre un tonneau de bière, ma pipe et un piano, puis, traduit, à Paris, qu
le vent des voyages eut poussé ma jeunesse vagabonde vers la grande v
Cette œuvre est l'écho de souffrances profondes et vraies; vous me par
nerez l'excentricité de sa forme en faveur de la pensée qu'elle renferme e
la foi qui l'a dictée.

Pauvre et humble artiste, je n'ai ni opale ni émeraude à vous offri
échange du diamant de vos beaux vers que vous m'avez envoyé; mais ne
poussez pas mon caillou des montagnes.

Qui sait ? au doux soleil de votre généreuse amitié il reluira peut-
assez pour ne pas assombrir votre radieux écrin.

ÉTIENNE EGGIS.

Hourrah !
Mes tempes ruissellent,
Mes yeux étincellent,
Mes jambes chancellent.

Hourrah !
L'ivresse s'augmente,
La bière écumante
Dans les brocs fermente.

Hourrah !
Près de moi tout roule,
Et le vent enroule

Le plafond qui croule.
Hourrah! hourrah! hourrah!

————

A boire! à boire! à boire!
Verse à boire, Satan, verse, verse toujours!
Que mon bocal usé me serve de ciboire
Sur l'autel de l'ivresse où j'ai voué mes jours,
Loin des rumeurs que font les terrestres séjours.

Que l'ivresse déborde
Dans mon crâne élargi que la folie étend,
Dans mon esprit perdu que la démence aborde,
Que mon cœur vers l'oubli s'envole au même instant
Que mon pied vers la cave où l'ivresse l'attend.

A boire! de la bière!
Pas de vin! de la bière avec de vieux tabac!

Verse sur mon esprit l'ivresse de la pierre,
Morne, apathique et lourde où rien ne se débat,
Où le cœur et le corps s'éteignent sans combat.

    O Satan, bourre, bourre
Ma bonne vieille pipe aux parfums capiteux,
Dans son tube embaumé que le culot rembourre,
Verse avec l'étincelle, en nuages douteux,
Le néant de l'oubli, dans le tabac juteux.

    Je veux que l'oubli sombre
Étende sur mon cœur sa muraille d'airain;
Dans l'ivresse je veux que mon esprit qui sombre
S'engloutisse, perdu sous un flot souverain,
Et dorme son sommeil, immobile et serein.

————————

Elle avait des yeux bleus et s'appelait Marie,

La jeunesse chantait sur sa lèvre fleurie,
Et l'amour commençait à chanter dans son cœur.

Le printemps était né le jour de sa naissance,
L'ange des dix-huit ans berçait son innocence,
Et sa lèvre ignorait tout sourire moqueur.

Mais dans le mois de mai, quand mes baisers timide
Passaient en frissonnant, sur ses lèvres humides,
Au milieu de sa joue une tache naissait;

Et la tache était rouge et son visage pâle,
Que semblait éclairer une lampe d'opale
Tout autour de la tache encore pâlissait;

Elle était poitrinaire, et souvent dans la nue
Elle entendait, le soir, une voix inconnue
Lui murmurer un chant que son âme achevait;

Elle aimait la nuit sombre et la lune rêveuse,
Une brise penchait son épaule nerveuse,
Et la Mort vint la prendre un matin qu'il pleuvait.

———

A boire, à boire, à boire !
De mes jours d'écolier
C'est une sombre histoire
Que je veux oublier !

Quand ce souvenir monte
Dans mon cœur en émoi,
Nul effort ne le dompte,
Je pleure malgré moi.

———

Pleurer, se souvenir est également lâche,

Sachons mettre le ventre à la place du cœur,
Et marchons dans la lutte où le destin nous lâche
En buvant de l'oubli la robuste liqueur.

———

Verse à boire,
Hourrah !
Ma mémoire
Mourra !
Les douleurs qui m'oppressent
Sombrent et disparaissent
Dans les brocs que caressent
La bière et le tabac !

Les vents roulent
Sans loi,
Les murs croulent
Sur moi.
Tout s'abîme et s'écrase,

Sous le vent qui la rase,
La maison fuit sa base
Dans un affreux émoi.

———————

Mon âme s'évapore
Et chaque atome ailé
S'enfuit par chaque pore
Comme d'un pot fêlé;

Ma longue chevelure
Sur mon front basané,
Danse avec une allure
A tuer un damné.

Mes membres s'élargissent
Et baisent le soleil,

Mes poumons qui rugissent
Sortent par mon orteil,

De vastes perspectives
Déroulent à mes yeux
Des splendeurs primitives
L'infini radieux.

———

Je crois voir les murailles
Perdre par leurs entrailles
Leurs humides écailles
En globes incertains,
Et la terre bouillonne
Comme l'orge en la tonne,
Et le chaos entonne
Son cri dans les lointains.

Tout croule, tout s'abîme,
Et la base et la cime,
La montagne sublime
Et le vallon perdu,
Comme un chien qui patauge,
Comme un porc dans la bauge,
Le chaos dans cette auge
Seul, se lève, éperdu.

———

Penché sur un nuage où dort la nuit profonde,
J'assiste au dénoûment de la farce du monde.

———

Le vent de la tempête a fauché les cités,
Et le vieil univers comme un vaisseau qui sombre,
S'affaisse lentement, sous les flots, excités
Par un vent inconnu qui vient de la mer sombre.

12

Comme un enfant qui veut courir dans les prés verts,
S'empresse de quitter son habit des dimanches,
Dieu tire de ses bras l'habit de l'univers,
— Ce vêtement usé qui craquait sous les manches.

Et la main de la mort ploie au fond du néant
Le long tapis des cieux qui s'évident en tube,
Sous les sourdes rumeurs de l'abîme béant,
L'éternité chancelle et l'infini titube.

Et l'éternelle nuit où s'endort l'univers
Sur la carcasse humaine écrasant les deux pôles,
Dieu couché sur le bord des infinis ouverts,
Pousse un éclat de rire en haussant les épaules.

———————

Mais alors dans les cieux
Dont craquaient les essieux,

Un ange à robe blanche
Se leva gracieux
Sur l'abîme qui penche.

Un large ruban bleu
Serrait par le milieu
Sa robe éblouissante,
Et relevait le feu
De sa gorge naissante,

Un sourire enivrant
Sur sa bouche s'ouvrant,
Embaumait ses deux lèvres,
Et dans le cœur souffrant
Jetait de vagues fièvres.

Comme une grappe au mur
Un luth d'or pendait sur
Le bord de son épaule,

Et ses cordes d'azur
Frissonnaient comme un saule.

———

C'était l'ange de l'amour,
Une lumière divine
S'épanchait de sa poitrine
Comme l'aube d'un beau jour.

Du luth les cordes sensibles
Palpitèrent sous ses doigts,
Et des hymnes indicibles
S'écoulèrent de sa voix.

———

Son chant était si doux et sa voix si suave
Que dès qu'il se mit à chanter,

Le chaos qui montait sur l'univers esclave
  Se retourna pour l'écouter.

––––––––––

Et sa voix qui calmait les sphères éperdues
Chanta les voluptés des premières amours,
Le saint enivrement des lèvres confondues,
Et l'âge radieux où l'on croit aux beaux jours.

Il chanta la saveur des chastes jouissances
Que le premier baiser verse aux cœurs de seize ans,
Il chanta le parfum des jeunes innocences,
Il chanta l'espérance, il chanta le printemps.

Puis son luth raconta ces tristesses divines
Qui pleurent dans le cœur des enfants amoureux,
Quand ils vont cueillir, seuls, les roses des ravines
Et qu'ils reviennent, seuls, par le chemin pierreux ;

12.

Puis toute l'épopée et sombre et radieuse
Que l'amour dans les cœurs écrit avec du sang,
Et son chant qu'embaumait sa voix mélodieuse
Fit palpiter d'espoir le monde frémissant.

———

Et l'univers reprit dans la voûte infinie
    Son rhythme un moment arrêté,
Et poursuivit soudain, dans l'ordre et l'harmonie,
    Sa marche vers l'éternité :

L'un vers l'autre penchés les mondes échangèrent
    De longs baisers chastes et doux ;
Et les yeux de la mort dans l'ombre se figèrent
    Sous les étoiles à genoux ;

Le poëme éternel que chantent les étoiles
    Renoua ses strophes sans fin ;

Et les cieux sur leur front relevèrent leurs voiles
De l'un à l'autre confin.

———

Amour, amour, force divine,
Puissance que l'homme devine
Sur le mont ou dans la ravine,
Comme un pressentiment du ciel ;
O Dieu des cieux et de la terre,
Qui sur la femme solitaire
Comme sur le penseur austère
Verse un mot du Verbe éternel !

Les mondes naissants te respirent,
L'homme et le dieu vers toi soupirent,
Et les créations n'aspirent
Qu'à ton sein fécond et puissant ;
L'amour, c'est la force infinie,
D'où découle à flots le génie,

L'espoir, le bonheur, l'harmonie,
De Dieu miroir éblouissant !

Folie absurde ! C'est l'orgie
Qui dans notre corps excité
Féconde notre âme élargie ;
L'amour n'est que la lâcheté !

Que des tonneaux qui crèvent
Des bonheurs inconnus
Pleuvent sur nos fronts nus
Qui souffrent et qui rêvent ;

La raison, c'est la mort !
L'ivresse furieuse

Verse, mystérieuse,
Ce qui fait l'homme fort.

C'est la source infinie
Dont les flots débordants,
Dans leurs seins fécondants
Contiennent le génie.

O William Shakespeare ! intrépide plongeur
De ce vaste océan qu'on nomme l'âme humaine,
Toi, dont la main hardie et le pied voyageur
Des sombres passions connaissent le domaine,

Si le vent du génie au fond de ton cerveau
Fit éclore le monde éblouissant du drame,
Si la lyre créa, dans un moule nouveau,
L'écho de tous les chants qui palpitent dans l'âme,

C'est que l'orgie ardente oignait ton front puissant,
C'est que le feu du gin embrasait ton délire,
L'ivresse t'entr'ouvrait ce ciel éblouissant,
Où l'homme calme et froid jamais ne saura lire.

―――――

Hoffmann, toi le plus grand des poëtes connus,
Qui mêlas dans ton œuvre où l'infini rayonne,
Les mondes de la terre aux mondes inconnus,
— Comme un portrait de Dieu que le diable crayonne;

Toi, qui fais ruisseler, en suaves couleurs,
Les arcs-en-ciel d'azur des sphères invisibles,
Où dorment les esprits des rayons et des fleurs,
Dans leurs sérénités rêveuses et paisibles ;

Si tu restes debout au milieu des plus grands,
Si ton œuvre bruyante est vaste comme l'âme,

C'est que l'ivresse, comme une robuste femme
Sous ta cuisse nerveuse a fécondé ses flancs.

L'ivresse, c'est le fleuve où notre âme se trempe,
L'ivresse, c'est l'oubli; l'oubli, c'est le bonheur;
La raison, c'est l'abîme où le doute moqueur
Sous sa nuit désolée étouffe notre lampe.

———————

J'ai vécu pauvre et seul, j'ai beaucoup voyagé.
Du pain noir de l'exil je connais l'amertume;
Jamais la comédie à mes yeux n'a changé,
J'ai vu le même cœur sous un autre costume.

La harpe sur l'épaule et le bâton en main,
J'ai promené partout ma vie aventureuse,
J'ai dormi bien souvent sous l'arbre du chemin,
Et l'orage a battu ma jeunesse coureuse.

J'ai vu le ciel d'Espagne et le ciel d'Orient;
Sur le sol que zébrait l'ombre des sycomores,
J'ai vu, près des péris, au regard souriant,
Dans les lointains d'azur se lever les rois mores.

Au pied des grands palais que le soleil ambra,
Mon rêve a ravivé, dans les splendeurs stellaires,
L'éblouissant passé qui dort sous l'Alhambra,
Et que troublent parfois les rumeurs populaires.

J'ai fait des songes d'or, la pipe turque aux dents,
Dans les limpidités des cieux asiatiques,
Et j'ai vu naître au bord des nuages ardents,
Près des flots athéniens les étoiles attiques.

J'ai foulé tour à tour, sous mon pied voyageur,
Le sable des déserts et l'herbe des savanes,
Et j'ai bercé souvent mon front pâle et songeur
Aux refrains lents et doux des longues caravanes.

J'ai parcouru longtemps, la torche dans la main,
Les cryptes insondés des vieux temples de l'Inde,
J'ai promené mes pas, las du murmure humain,
Plus loin que l'équateur où l'univers se scinde;

Puis je suis revenu des mondes primitifs,
Au sol européen où la souffrance abonde,
Où les hommes partout sont pâles et chétifs;
Mais j'ai repris bientôt ma course vagabonde.

Alors, sans me lasser, vers les pays du Nord,
J'ai cherché d'autres fils de la famille humaine,
Où le pin sous l'orage en gémissant se tord,
Où l'hiver immobile a fixé son domaine;

Dans la hutte enfumée où s'endort le Lapon,
Près de l'âtre glacé des pauvres Kamtchadalès,
Auprès du Groenlandais qui vit de son harpon,
Et sur les mers de glace imprime ses sandales,

13

Dans les steppes sans fin que le Russe parcourt,
Dans la vieille Allemagne aux cités studieuses,
Où le rêve au foyer en souriant accourt
Ouvrir aux yeux du cœur ses forêts radieuses;

J'ai promené partout ma lyre et mon bâton,
Même dans les forêts vierges du Nouveau-Monde,
J'ai frayé mon chemin, de la hache, à tâton,
Sous les arbres géants que nulle main n'émonde.

Les racines sans fin du vaste baobab
Ont gardé mon sommeil du souffle de l'orage,
Pendant qu'un tigre noir que chassait un nabab
Pleurait dans le lointain ses hurlements de rage.

Pèlerin sans amis, voyageant pauvre et seul,
Sous tous les cieux connus j'ai passé solitaire,
Et j'ai senti partout, comme un sombre linceul,
S'étendre sur mon cœur une tristesse austère.

Partout la soif de l'or! La vertu nulle part!
Dans ce monde galeux que l'égoïsme altère,
Où des rois et des dieux on fête le départ,
Quand j'ai cherché l'amour, j'ai trouvé l'adultère.

Le faible sous le fort écrasé sans pitié,
Les hommes pour de l'or vendant jusqu'à leur mère,
Car l'on ne voit jamais l'amour ni l'amitié
A l'homme pauvre ouvrir leur cabane éphémère.

Il faut avoir de l'or! Si vous n'en avez pas,
On marchera sur vous comme sur un reptile,
Si vous avez de l'or on baisera vos pas,
Et l'on glorifîra votre vie inutile.

———————

Oh! qui me donnera les ailes du condor?
Oh ! qui m'emportera sur un nuage d'or,
Loin des pays brumeux où mon âme s'endort?

Je voudrais que le vent des mers tumultueuses
M'arrachât pour jamais aux routes tortueuses,
Où rampe comme un ver la vieille humanité ;

Oh ! je voudrais bondir vers des continents vierges
Dont nulle main jamais n'a défloré les berges
Près des cieux inconnus où dort l'éternité ;

Vers ces monts étoilés d'où nous vient la lumière
Où la création, dans sa beauté première,
Chante l'amour sacré de la terre et des cieux ;

Où la muse des vers cueille au bord de la grève
Le vin de l'idéal dans les vignes du rêve
Et le verse en chantant sur les fronts soucieux.

Oh ! je voudrais monter sur l'orage ou les nues,
Voir éclore à mes yeux des terres inconnues,
Assises, au soleil, dans leur virginité ;

De jeunes continents, des forêts solitaires
Où de l'homme jamais n'ont battu les artères,
Tout un monde de calme et de sérénité ;

M'en aller où s'en vont les sanglots des poëtes,
Les aspirations des âmes inquiètes
Que tourmente la soif d'un bonheur introuvé ;

M'en aller où s'en vont les souffrances cachées,
Les vierges par la mort sur leurs tiges fauchées,
Radieuses encor d'un rêve inachevé !

———

Là je retrouverais au fond d'une prairie
Cet ange aux yeux d'azur qui s'appelait Marie.

———

Marie ! ô doux écho de mon cœur de dix ans,
Autel calme et fleuri de mes amours naissants !

13.

Pur et blond souvenir de mes jeunes années,
Sanctuaire d'azur dont les fleurs sont fanées,

O toi qui fis éclore, au mois où naît la fleur,
Le premier chant d'amour du printemps de mon cœur !

Te souviens-tu du soir où seuls nous nous assîmes
Dans le bois dont la lune illuminait les cimes,

Où fondant l'avenir sur d'éternels beaux jours,
Nous jurâmes tous deux de nous aimer toujours ;

Les brises mariaient leurs rumeurs incertaines
Au murmure étouffé des cascades lointaines,

Et la senteur des foins nouvellement coupés
Montait dans les tilleuls par la brume estompés.

A tes côtés rampait un buisson de genièvres ;
— Je posai lentement mes lèvres sur tes lèvres ;

Et puis, ivres tous deux d'amour et de printemps,
L'un dans l'autre perdus nous restâmes longtemps ;

Toutes les voluptés dans l'univers encloses
S'épanchèrent alors de tes lèvres mi-closes ;

En sentant tes baisers sur mes lèvres courir,
Si Dieu l'avait permis j'aurais voulu mourir !

Et c'est elle, ô mon Dieu ! que la mort a fauchée !
— Oh ! la folie alors sur mon front s'est penchée..

Près de la fontaine où vont les troupeaux,
Sous les frais gazons du champ du repos,
   Dors, dors, ma pâle bien-aimée,
Dans la haie ombreuse où chante le nid,
Dors dans les parfums ton sommeil béni,
   Rose que le vent a fermée;

Écoute tes sœurs qui vont au couvent
Et que fait trembler le souffle du vent,
   Et le murmure des feuillages;
Dors, ange des cieux, sur le bord des eaux,
Où la source chante, au pied des roseaux,
   Ses doux et jeunes babillages;

Marie! est-on bien au fond du tombeau?
Oh! ton sommeil doit être doux et beau
   Comme la céleste patrie;
Car rien n'a troublé l'onde de tes jours,
La Vierge a voulu pour ses beaux séjours
   Cueillir ton enfance fleurie.

Mortel !... ô Satan !... Satan !...
A boire, à boire, à boire !
Ce souvenir flottant
Au fond de ma mémoire,
Brise mon cœur tari,
Brûle mon œil flétri ;

Que l'ivresse fougueuse
Verse à mon front lassé
Sa caresse rugueuse
Et l'oubli du passé,
Que dans mon cœur qui saigne
Tout s'étouffe et s'éteigne !

Que l'appétit vainqueur
De l'estomac avide
Envahisse mon cœur
Dans ma poitrine vide,
Et tue au fond de moi
L'espérance et la foi !

Mort ! mort à l'espérance !
Hourrah ! hourrah ! hourrah !
Et nargue à la souffrance,
Vive la bière et le tabac !

———————

Oh !... la bière !
Vaste bière,
Où le cœur
Dort vainqueur !
Oh ! l'ivresse,
Allégresse !
Ciel de fer
De l'enfer !

Joie immense !
La démence
Qui rugit,
M'élargit

La poitrine,
Où doctrine,
Avenir,
Souvenir,

Tout s'étouffe
Sous la touffe
De forêts
Aux bruits frais
Que fait naître
Dans mon être
Ce saint feu
Qui fait Dieu!

Dans la bière
Vautrons-nous,
Sans lumière
A genoux,
Que l'ivresse
Qui me presse

Sur mes jours
Soit toujours!

———————

Mais, hélas! c'est en vain que l'ivresse impuissante
Met son bâillon de fer à la voix de mon cœur;
Je sens renaître en moi mon âme agonisante;
L'ange du souvenir reste toujours vainqueur.

Sur quel sommet désert ouvres-tu tes pétales,
Sombre fleur du néant qu'on appelle l'oubli?
Le manteau de la mort, aux étreintes fatales,
Te recèle peut-être en son lugubre pli.

Oh! la mort! cabaret mystérieux et morne
Où tous les pèlerins qui viennent du berceau
Entrent en déposant, à l'angle de la borne,
Leur pourpre ou leurs haillons, leur sceptre ou leur rose

C'est l'oubli, n'est-ce pas, que boivent dans tes salles
Tes pâles voyageurs, riches, grands ou petits,
Car tous ceux qu'ont reçus tes portes colossales
De ton étrange hôtel ne sont jamais sortis.

Mais ce que j'aime en toi, sinistre hôtellerie,
C'est que toujours ta porte est ouverte au passant;
Tous s'y viennent asseoir quand la gourde est tarie;
On entre sans frapper, l'hôte est toujours présent.

O Mort! gouffre infini, secret de flamme et d'ombre,
Je veux fouler aussi tes cryptes insondés;
Je veux porter ma lampe au fond de ta pénombre,
Je veux verser en toi mes espoirs débordés!

Architecte inconnu des sphères et des mondes,
O poëte railleur du drame d'ici-bas,
Toi qu'on appelle Dieu! — tous ces êtres immondes
Que le destin enchaîne en d'ignobles combats,

14

Tous ces forçats enfin du bagne de la vie
Gardent dans leur misère un trésor inouï,
C'est de pouvoir mourir quand ils en ont envie,
Et fermer à jamais leur regard ébloui.

———————

Si dans un soir d'orage, alors que la tourmente
Bat les flots turbulents de la mer écumante,

Que les sapins froissés par le vent de la nuit
S'agitent sourdement dans leur lugubre ennui,

Et que dans l'air troublé les esprits des orages
Jettent au front des cieux le drap noir des nuages,

Si Dieu venant vers moi sur l'éclair ou le flot
Mêlant au bruit des mers son éternel sanglot,

Me disait en cachant sa torture secrète :
— Monte, tu seras Dieu ! moi, je serai poëte !

Je dirais : — Non ! — Là haut, Dieu n'a pas su garder
  Le suprême pouvoir de se suicider. —

———————

      Suicide, refuge
       Des cœurs inconsolés !
       Sol aux fruits désolés
       Où l'âme du transfuge
    Porte ses autels écroulés !

      Mer qu'ignorent les sondes,
       Où les bonheurs brisés,
       Les rêves épuisés
       Et les douleurs profondes,
    Jettent leurs cris inapaisés.

Mon âme dévastée,
Drapée en son orgueil,
Brise sur ton écueil
Sa barque démâtée
Où rien n'est debout que le deuil !

Au fond du suicide
Mon cœur enseveli,
S'enivrera d'oubli,
Et ce breuvage acide
Endormira mon front pâli.

———

Vous êtes-vous jamais dans les nuits argentées
Sur le bord des forêts promené triste et seul,
En égarant bien loin des routes fréquentées
Vos pas et votre cœur, tristes comme un linceul ?

Pleine de sourds effrois la nuit silencieuse
Pesant comme un cercueil sur le front d'un vivant,
Enténébrait d'ennui votre âme soucieuse
Dans la vieille forêt que tourmentait le vent.

Vous alliez, vous alliez, et les branches séchées
Craquaient sous votre pas dans les sentiers perdus,
Et des chênes moussus les feuilles détachées
Tournaient autour de vous en essaims éperdus.

Bientôt vous arriviez au bord d'une clairière
Solitaire et sauvage où la lune dormait ;
Où parmi les cailloux d'une ancienne carrière
Un orme rabougri, rongé jusqu'au sommet,

Penchait sur le sol nu ses branches dépouillées ;
L'arbre était jeune, mais la sève avait tari,
La mousse verdissait sur ses hanches rouillées,
Et les vers habitaient son tronc noir et pourri.

14.

Il restait triste et seul, sur la terre crayeuse,
Au milieu des cailloux immobile et penché ;
Ses branches n'avaient plus nulle note joyeuse,
Et la bise pleurait dans son tronc desséché.

Et moi, pauvre rimeur tordu par la souffrance,
Je suis comme cet orme où la sève a tari ;
Tout s'est éteint dans moi, tout, jusqu'à l'espérance,
Je ne crois plus à rien, je suis un tronc pourri.

Dans le sable j'ai vu se perdre goutte à goutte
Tout le sang généreux de mes illusions,
Le ver du scepticisme, au début de la route,
A rongé ma jeunesse aux sombres visions.

L'amitié n'est qu'un mot et l'amour une chose,
Les hommes les plus purs ont de la fange au cœur ;
La hideuse chenille habite dans la rose,
Et toute mélodie a son écho moqueur.

Dieu n'est qu'un mot créé pour empêcher les crimes ;
Qui de nos jours encor peut croire à la vertu ?
On fait la poésie en entassant des rimes,
On grandit en montant sur un homme abattu.

———

Oh ! que je serai bien dans ma tombe inconnue
Où seules passeront la tempête et la nue,
    Et que nul pied ne foulera ;
Que j'y dormirai bien mon sommeil immobile,
Car du monde lointain le murmure débile
    Loin de ma tombe passera ;
La vase des torrents éteindra mes artères,
Le ver étouffera mes douleurs solitaires,
    Et mon front enfin oublîra !

———

Oui !... mourir !... Mais après !—Oh ! le doute, le doute !

Malgré moi je frissonne et mon esprit redoute
De sonder ce chaos sous la tombe béant !
Si la mort n'était pas le passage au néant ?
Si ce monde effrayant, dont le prêtre crédule,
— Debout près de l'autel que le vulgaire adule, —
Assure l'existence au delà du tombeau,
Si ce monde existait ! si l'âme, saint flambeau,
Emportait dans les cieux une flamme immortelle !
Que sert la mort du corps si l'âme est éternelle ?
O Mort ! que cache donc ta muraille d'airain ?
Est-ce le néant sombre, est-ce le ciel serein ?

Quand l'espoir et la foi, dans l'église claustrale,
Baignaient encor mon front de leur onde lustrale,
Quand je disais encor ma prière du soir,
Et qu'à la Fête-Dieu je portais l'encensoir,
Un prêtre aux cheveux blancs, aussi doux que ma mè
Me répétait souvent qu'à cette vie amère
Succède pour tous ceux qui gardent le cœur pur,
Un paradis lointain où des anges d'azur

Versent sur tous les cœurs ridés par la souffrance,
Un bonheur si complet qu'il exclut l'espérance,
Et puis il ajoutait que les cœurs déchirés,
Les êtres qu'ici-bas la mort a séparés,
Se retrouvaient là haut, dans d'ineffables joies,
S'ils n'avaient pas de Dieu quitté les saintes voies,
Et réunis enfin dans la félicité,
Sans craindre le retour d'aucune adversité,
Ils vivaient l'un dans l'autre une vie éternelle,
Et les pleurs pour toujours ignoraient leur prunelle.

O Marie ! est-ce vrai
Que je te reverrai
Dans un monde meilleur où nos amours divines
Ne porteront jamais de couronne d'épines ?

Est-ce vrai que le ciel
Ait, providentiel,

Créé dans l'infini quelques sphères heureuses
Où ne se fuiront plus nos lèvres amoureuses?

Où réunis tous deux,
Loin d'un monde hideux,
Nous chanterons ensemble en strophes éternelles
Le poëme divin des amours immortelles !

———————

Oh ! l'ivresse s'éteint dans mon cerveau calmé;
D'un doux parfum d'espoir mon cœur s'est embaumé;
Oui, je veux retremper mes lâches défaillances
Dans le fleuve puissant des fécondes croyances,
Je veux dans la chapelle où s'en vont les enfants
Apporter devant Dieu mes sanglots étouffants,
Et rester à genoux, au seuil du sanctuaire,
Jusqu'à l'instant suprême où le drap mortuaire,
Quand Dieu l'aura permis, recouvrira mon front,
Et que sur mon cercueil les cierges brûleront;

Alors de ses liens mon âme délivrée
Jaillira, radieuse et de ciel enivrée,
Vers ce céleste Éden où ma félicité
Vivra dans tes beaux yeux son immortalité !

PRIÈRE.

Dieu des cieux et des mondes
Qui gouvernes les ondes,
Jette de ta hauteur un regard de bonté
Sur les douleurs profondes
De mon cœur dévasté !

Donne-moi l'espérance
Que ma longue souffrance
S'endormira bientôt dans les bras de la mort,
Et que mon existence
S'éteindra sans remord !

Que ta bonté propice
Chasse du précipice
Le vertige mortel où mon front se débat,
Et qu'un heureux auspice
Soutienne mon combat.

De son amour suivie
Mon âme inassouvie
Marchera sans gémir vers le but assigné,
Au travers de la vie,
Comme un serf résigné.

Et quand l'heure venue
Descendra de la nue
Je mettrai lentement dans les plis du linceul
Ma douleur inconnue
Et mon front pâle et seul.

Ma souffrance tarie
Dans la tombe fleurie
S'éteindra doucement en murmurant encor
Le doux nom de Marie
Dans un suprême accord!

CHANT DE ROUTE

DU JUIF ERRANT.

-∞-

Satrapes au front pâle,
Rois des fières cités,
Dont la verge papale
Bat les peuples matés,
Serfs de la glèbe immonde
Dont le front pleure ou rit,
Place ! place au Maudit
Sur la route du monde !

Les cèdres des Libans et les rois des humains
Se courbent en tremblant sous mon pied invincible ;
J'ai bravé tous les cieux, foulé tous les chemins,
Mon orteil n'a pas vu de mont inaccessible.

Les rumeurs des cités et la houle des mers
Dans leurs lits orageux pleurent lorsque je passe,
Un sanglot convulsif tord les gouffres amers,
Et l'ouragan dompté s'aplatit dans l'espace.

Quand la mort veut briser le granit de mes jours,
Elle ébrèche sa faux à mes reins immobiles ;
Vagabond éternel, je chemine toujours,
En chassant devant moi les empires débiles ;

Mon pied heurte en passant des générations
Les cadavres épars dans les sables des âges ;
Les tigres affamés des révolutions
Pantelants sous mon œil lèchent mes mains sauvages

J'ai compté les soleils qui pavent l'infini,
Les atômes de sable où la mer se dérobe;
J'ai fait dix-huit cents fois le tour de ce vieux globe,
Nul gouffre n'a voulu de mon front de banni.

Satrapes au front pâle,
Rois des fières cités,
Dont la verge papale
Bat les peuples matés,
Serfs de la glèbe immonde
Dont le front pleure ou rit,
Place! place au Maudit
Sur la route du monde!

Nul ne sait d'où je viens, nul ne sait où je vais,
Je ne me souviens plus du nom qu'avait ma mère,
Ni des rêves fleuris qu'autrefois je rêvais,
Ni des flots qu'a battus mon enfance éphémère.

15.

Je n'aime ni ne hais. Je marche toujours seul.
Mon éternel ennui fait ma seule famille.
Mon regard morne et froid glace comme un linceul
Les rires doux et frais éclos sous la charmille.

Quand je passe le soir aux marges des forêts,
Les baisers des amants se fanent sur leurs lèvres ;
Leur étreinte se meurt en des frissons secrets,
Et l'effroi sur leur joue épand sa morne fièvre.

La flamme de la joie et des rires humains
N'a jamais coloré mon grand visage pâle,
Mon existence n'a ni soirs ni lendemains,
Elle suit une route éternelle et fatale.

Parfois un regret morne aime à me torturer ;
Son cri vague et lointain au souvenir ressemble ;
Alors dans ces moments quelquefois il me semble
Que je serais heureux si je pouvais pleurer.

Satrapes au front pâle,
Rois des fières cités
Dont la verge papale
Bat les peuples matés,
Serfs de la glèbe immonde
Dont le front pleure ou rit,
Place ! place au Maudit
Sur la route du monde !

Oh ! la fatigue lourde écrase mes vieux reins,
La lassitude abat mes ennuis solitaires, —
J'ai sondé tour à tour les abîmes marins,
Les torrents des vieux monts, les laves des cratères,

J'ai présenté mon front aux bises des glaciers,
Aux simouns des déserts, aux foudres des tourmentes,
J'ai versé dans mes os les philtres des sorciers,
Ma poitrine a plongé sous les mers écumantes ;

Mais le vent comme un souffle a caressé mes yeux,
Le simoun s'est enfui loin de mes pas avides,
La foudre à mon approche a remonté les cieux,
La mer m'a rejeté de ses abîmes vides.

Le repos, le repos ! la tombe ou le sommeil !
Mais le repos paisible à l'ombre des feuillages,
Loin des plaines sans fin où pèse le soleil,
Près de la source ombreuse où causent les villages.

— Mais le ciel s'est ouvert et le Maître a parlé ;
Il faut marcher toujours sur ma route éternelle,
Il n'est pas d'avenir ouvert à ma prunelle,
Le passé ne luit pas sur mon front désolé.

Satrapes au front pâle,
Rois des fières cités
Dont la verge papale
Bat les peuples matés,

Serfs de la glèbe immonde
Dont le front pleure ou rit,
Place ! place au Maudit
Sur la route du monde !

Mais un jour, jour suprême ! un immense ouragan
Broîra comme un épi la terre vermoulue,
Le monde finira d'un bond extravagant
Dans le chaos sans fond sa route révolue.

L'infini s'abattra sur les cieux fracassés,
Le soleil s'éteindra comme un flambeau sans huile,
Les peuples et les rois l'un sur l'autre entassés,
Dormiront pour toujours leur sommeil immobile.

Le chaos éternel comme un monde de plomb
Pèsera sur les os du cadavre des mondes ;
Et l'univers perdant l'axe de son aplomb
Croulera dans l'abîme où s'égarent les sondes.

Et moi calme et debout au milieu des débris
Que voileront déjà les dernières bruines,
J'applaudirai des mains aux soleils assombris,
Et les morts m'entendront rire dans les ruines,

Jusqu'à ce que le Maître à mes pas indomptés
Ouvre au fond de l'espace un nouveau monde en germe,
Où je continûrai mon voyage sans terme,
— Car je suis éternel comme l'humanité.

Satrapes au front pâle,
Rois des fières cités,
Dont la verge papale
Bat les peuples matés,
Serfs de la glèbe immonde
Dont le front pleure ou rit,
Place ! place au Maudit
Sur la route du monde !

A

MADAME JULIETTE FORESTIER-LUCE.

Improvisé pendant qu'elle jouait au piano une de ses admirables fantaisies.

—∞—

Madame, j'écoutais le piano frémissant
Sous vos doigts créateurs évoquer tout un monde
De rêves embaumés que nulle main n'émonde
Et qui montent aux cieux comme un soleil naissant.

Je cachais dans mes mains mon front incandescent;
Votre inspiration sublime et vagabonde
Dans mon cœur enivré d'une extase profonde
Faisait sourdre les vers comme un fleuve puissant.

Mais les vers, bois grossier qu'à sculpter je m'efforce,
Rendent un vain accord incomplet et sans force,
Et ne font qu'assombrir votre orient vermeil.

Penché sur le piano dont le chant m'extasie,
Je disais, — en pensant à vous, — la poésie
N'est que la lune, et la musique est le soleil.

UNE BELLE VIE.

A FERDINAND F.

—∞—

I

Voyager ! voyager !
Sur un sol étranger
A travers le danger
Promener, libre et seul, sa vie aventureuse ;
Près des vieux matelots,

16

Écouter les grands flots

A côté des îlots

Chanter pendant la nuit sous la lune amoureuse.

Au fond d'une forêt

Dans un vallon secret

S'arrêter où serait

Une source limpide et de gazons bordée,

Puis, reprendre son sac,

Et rejoindre le bac

Qui traverse le lac

En suivant vaguement le doux vol d'une idée.

Voyager! voyager!

Dans les bois s'engager

Sans savoir où manger,

Errer toujours à pied et fuir les grandes routes,

Avec vingt ans au cœur,

Dans les reins la vigueur,

Et sans vaine langueur,

Traverser les forêts qui se courbent en voûtes.

II

Dans les champs sans clôture,
A travers la nature,
Errer à l'aventure
Du village aux ravins, des forêts aux hameaux,
Soit qu'il vente ou qu'il pleuve
Boire la brise neuve
Qui monte d'un grand fleuve
Sous les saules pleureurs qui perdent leurs rameaux.

Dans les vierges savanes
Avec les caravanes
De la Grèce aux Havanes,
De Venise à Moscou, de Lisbonne à Canton,
Des grèves nuageuses
Aux montagnes neigeuses
Dans ses mains voyageuses
Promener sans repos sa lyre et son bâton.

III

Errer, errer toujours,

Dans de nouveaux séjours,

Promener ses beaux jours,

Voir enfin tous les cieux qui couvrent notre globe,

Aux marges du glacier

Où l'orage s'assied,

Poser son front d'acier,

Écouter les torrents que l'abîme dérobe;

Sous le ciel vaste et bleu

Vivre seul avec Dieu,

Et des volcans en feu

Passer dans les gazons qui dorment près des sources,

Sous les cieux entr'ouverts

Aux calmes des champs verts

Chercher quelques beaux vers

Sur sa harpe brunie en de lointaines courses;

En laissant son cœur veuf
Des appétits du bœuf,
Pour un ciel toujours neuf
Fuir les vieilles cités où se meurt la palombe,
— Lorsqu'à bout de désir
L'homme, las de souffrir,
S'arrête pour mourir,
Pour couche n'a-t-il pas le lit frais de la tombe?

16.

SIMILITUDES.

L'Océan n'adoucit son onde âcre et salée
Que lorsque le soleil l'a pompée au ciel bleu,
Et reversée en pluie au sein de la vallée,

La mer c'est le génie, et le soleil c'est Dieu.

OH! SI QUELQU'UN L'AIMAIT!

-∞-

I

Oh! si quelqu'un l'aimait! — De son âme ulcérée
Un baiser éteindrait la voix désespérée
    Et l'amer souvenir;

Oh! si quelqu'un l'aimait! — Ses lâches défaillances

Reviendraient boire aux flots des divines croyances
    Que rien ne peut ternir ;

Oh ! si quelqu'un l'aimait ! — Comme un vaste incendie
Il voudrait que son nom sur la terre agrandie
    Flambât dans l'avenir !

II

Mais qui les aimerait, les rimeurs solitaires,
Au regard fixe et triste, aux visages austères,
    Au front pâle et pensif ;

Une étoile éternelle illumine leur marche,
Pendant que les mortels sentent sombrer leur arche
    Au choc sourd du récif ;

Ils traversent la vie en suivant leur étoile,

On les voit passer, seuls, — comme on voit une voile
    Au travers d'un massif.

III

Ils n'ont jamais d'amis, car leur regard est triste,
Et la femme répond à leur amour d'artiste
    Par des rires moqueurs ;

Au travers des cités que le lucre lacère
Ils s'en vont en cachant sous leurs haillons l'ulcère
    Qui dévore leurs cœurs ;

Sans avoir éveillé ni l'amour ni la haine
Ils meurent inconnus dans les bruits de l'arène,
    Ni vaincus, ni vainqueurs !

UN DÉSIR DE VIVANT.

-o)-

1

Je rêvais cette nuit
        A peu près vers minuit
Que j'étais étendu mort, au fond d'une tombe,
Et que ce froid brouillard qui, des monts, la nuit, tombe,
        Étendait sur le sol
        Son brumeux parasol ;

17

II

Quelques fleurs désolées
Surgissaient isolées
Au pied des buissons gris où le givre tremblait ;
Cette nature, morne et navrante, semblait
Une face jaunie
Que tordait l'agonie.

III

Que j'étais bien au fond
De mon tombeau profond !
Des vapeurs de la nuit quand l'horizon s'embrume
Je voudrais que ce rêve, épanché de la brume,
Pour mon cœur agité
Fût la réalité !

ASPIRATIONS INSENSÉES.

A MON AMI GEORGES BADER.

—∞—

I

Vagues immensités des sombres océans,
Que laboure sans fin la houle impétueuse,
Abîmes insondés, gouffres noirs et béants
Qu'illumine d'éclairs la foudre tortueuse;

O forêts, qui penchez vos sapins éperdus
Sur les torrents fangeux des vallons taciturnes,

Montagnes de granit dont les rocs confondus
Se heurtent au choc sourd des rafales nocturnes.

Vastitudes des cieux sans limite et sans fin,
Où les mondes toujours recèlent d'autres mondes,
Où chaque étoile d'or cache un blond séraphin ;
Éthers immaculés, bordés d'horizons mondes,

Où penché sur son trône où s'arrête la nuit,
Un bras sur le soleil et l'autre sur la lune,
Dieu pleure incessamment son éternel ennui
Avec un bruit pareil à la mer sur la dune ;

Douloureuses rumeurs des humaines cités,
Où le blasphème sourd s'accouple au rire impie,
Où les cris de l'orgie à tous les vents jetés
Hurlent près de la faim sur la borne accroupie ;

Bruits des mers, bruits des cieux, clameurs des ouragans,
Murmures souterrains des méditerranées,
Avalanches des alps aux bonds extravagants,
Universelles voix ici-bas déchaînées ;

Quelle douleur immense éplore vos accents ?
Qui jeta dans vos seins cette plainte infinie ?
Pleurez-vous l'homme mort ou les mondes naissants,
Ou la croyance en Dieu de la terre bannie ?

Pourquoi tous vos accords sanglottent-ils toujours ?
Vos lamentations sont-elles le suaire
Où l'espoir et la foi tombent avec les jours
Pour combler du néant l'immobile ossuaire ?

II

Il est de ces moments
Où je voudrais étreindre,

17.

Où je voudrais atteindre
De mes embrassements
Tous les êtres qui pleurent
Et dont le cœur meurtri
N'a plus même de cri
Pour bénir ceux qui meurent.

Je voudrais sur mon sein
Presser l'onde, la terre,
La femme solitaire,
Et l'enfant orphelin ;
Les âmes torturées
Qui s'en vont vers l'amour,
Puis, à la fin du jour,
Reviennent, déchirées ;

Tout ce qui sous les cieux
En soi porte un ulcère
Qu'incessamment lacère
Quelque deuil anxieux,

Tout cœur qui se retire
Pour pleurer en secret
Et dont nul ne connait
L'invisible martyre.

III

Mais le monde est immense, et bien avant le soir,
Sous mon propre deuil je succombe ; ―
Mais je puis dire à tous : ― Mes frères, au revoir,
Au grand rendez-vous de la tombe.

EPILOGUE.

———

Eh bien ! mon cher lecteur, comment me trouvez-vous ?
D'être lu jusqu'au bout me jugez-vous indigne ?
Les plus sages, mon Dieu ! sont souvent les plus fous,
Et Kant sans déroger peut pêcher à la ligne.

Et puis, qui trop pleura, — ceci dit entre nous, —
Souvent, faute de mieux, à rire se résigne.

Oui ! mais trop rire aveugle et gare aux casse-cous.
— C'est pourtant si joli de danser sur la ligne.

Mais vous ne dites rien. — Qui ne dit mot consent.
Ainsi, sans me flatter, je suis intéressant,
Charmant, spirituel. — Mon Dieu ! si j'étais bête !

Cela pourrait bien être, aussi je me tairai.
Mais avant de finir, lecteur, je vous dirai
Que le cœur vaut chez moi beaucoup mieux que la tête.

TABLE DES MATIÈRES.

Paris. — Typ. de Mᵐᵉ Vᵉ Dondey-Dupré, rue St-Louis, 46, au Marais.

www.ingramcontent.com/pod-product-compliance
Lightning Source LLC
Chambersburg PA
CBHW051822020726
47502CB00005B/1589